T0024745

EL ÚLTIMO HOMBRE BLANCO

EL ÚLTIMO HOMBRE BLANCO

EL

ÚLTIMO

HOMBRE

BLANCO

MOHSIN HAMID

Traducción de Andrés Barba

Ǫ Plata

Argentina – Chile – Colombia – España
Estados Unidos – México – Perú – Uruguay

Título original: *The Last White Man*
Editor original: Riverhead Books
Traducción: Andrés Barba

1.ª edición: junio 2023

ISBN: 978-84-92919-33-8
E-ISBN: 978-84-19497-76-5
Depósito legal: B-6.815-2023

Fotocomposición: Ediciones Urano, S.A.U.
Impreso por: Rodesa, S.A. – Polígono Industrial San Miguel
Parcelas E7-E8 – 31132 Villatuerta (Navarra)

Impreso en España – *Printed in Spain*

Para Becky.

PARTE I

CAPÍTULO UNO

Una mañana cualquiera, Anders, un hombre blanco, se despertó y descubrió que se había vuelto de un color marrón rotundo e innegable. Se dio cuenta poco a poco y luego de repente, primero como una vaga impresión al buscar el móvil, cuando le pareció que la luz del amanecer alteraba de forma extraña el color de su antebrazo, y después con un sobresalto, como la repentina convicción de que a su lado había otra persona en la cama, otro hombre, uno de piel más oscura, aunque eso, aterrador como era, tenía que ser imposible, y se tranquilizó al ver que el otro se movía como él, que no era en realidad una persona, no al menos una persona distinta, sino él mismo, Anders, lo que a continuación le produjo una oleada de alivio, porque si la idea de que había otra persona allí era solo producto de su imaginación, entonces, obviamente, la idea de que había cambiado de color también se debía a un equívoco, una ilusión óptica, un artificio mental gestado en ese resbaladizo mundo a medio camino entre los sueños y la vigilia, solo que ahora tenía el móvil en las manos y cuando invirtió la cámara, vio que el rostro que le devolvía la mirada no era el suyo en absoluto.

Anders saltó de la cama y corrió hacia el cuarto de baño, aunque luego, para calmarse, se obligó a caminar más despacio, a ser más pausado, más medido, no sabía si para reafirmar su control sobre la situación, para restablecer la realidad mediante el poder de su mente, o porque correr lo habría asustado más todavía, convirtiéndolo definitivamente en una presa acechada.

El cuarto de baño era desastroso pero confortablemente familiar; había grietas en los azulejos, suciedad de los grifos, un reguero de pasta de dientes seca en el borde del lavabo. El interior del botiquín quedaba a la vista, la puerta del espejo ladeada, y Anders alzó la mano e hizo girar su reflejo ante sus ojos. No era el de un Anders reconocible.

Le invadió cierta emoción, no tanto conmoción ni pesadumbre, aunque ambas cosas también estaban presentes. Más que nada el rostro que había sustituido al suyo le colmaba de ira, o tal vez no tanto de ira, como de una rabia inesperada y asesina. Deseaba matar a ese hombre de color que se enfrentaba a él allí, en su propia casa, acabar con la vida que animaba el cuerpo de ese otro, no dejar más que a sí mismo tal y como era antes, por lo que golpeó el rostro con el lateral de su puño, contrayéndolo levemente y haciendo que aquella grifería, el mueble, el espejo y todo lo demás se torcieran, como un cuadro tras el paso de un terremoto.

Anders se puso en pie, el dolor de la mano aplacado por la intensidad que se había apoderado de él, y se sintió temblar, una sacudida tan tenue que apenas resultaba perceptible, pero que luego fue más fuerte, como un inquietante escalofrío invernal, como congelarse a la intemperie, sin refugio, y esa sensación lo llevó de vuelta a la cama, y se metió bajo las sábanas, y se quedó allí un buen rato escondido, deseando que ese día, ese día recién comenzado, por favor, por favor, no siguiera comenzando.

Anders esperó a que todo volviera a la normalidad, pero nada volvió a la normalidad y las horas pasaron, y se dio cuenta entonces de que le habían robado, de que había sido víctima de un crimen ante el cual el horror no hacía más que crecer, un crimen que le había arrebatado todo, que le había arrebatado a sí mismo, pues cómo iba a poder decir ya que era Anders, que seguía siendo Anders cuando ese otro hombre le miraba fijamente, en su móvil, en el espejo, y trató de no seguir comprobándolo, pero cada rato volvía a comprobarlo, y volvía a encontrarse con el robo, e incluso cuando no lo comprobaba no podía evitar la visión de sus brazos y sus manos, más oscuras, aparte de aterradoras, pues mientras estuvieran bajo su control, no había garantía alguna de que siguieran así, y no sabía si aquella idea de ser estrangulado, que le venía a la cabeza como un mal recuerdo, era algo que temía o más bien algo que deseaba hacer.

Intentó, sin muchas ganas, comer un sándwich, tranquilizarse, mantenerse firme, y se dijo a sí mismo que todo iría bien, aunque no estaba nada convencido. Deseaba creer que de alguna manera volvería a cambiar, o que todo se arreglaría, pero ya dudaba y no lo creía, y cuando se preguntó si todo aquello no era más que fruto de su imaginación e intentó comprobarlo haciéndose una foto y colocándola en un álbum digital, el algoritmo que en el pasado le había sugerido infaliblemente su nombre, aquel algoritmo tan seguro, tan fiable, no fue capaz de identificarlo.

Normalmente, a Anders no le importaba estar solo, pero tal y como se encontraba en ese momento, más que encontrarse solo, parecía más bien en una compañía tensa y hostil, atrapado en su propia casa porque no se atrevía a salir, iba del ordenador a la nevera, y luego de la cama al sofá, desplazándose en su pequeño territorio cuando ya no soportaba estar ni un minuto más donde estaba, pero en ese día no había escapatoria, Anders no podía escapar de Anders. La incomodidad no hizo más que prolongarse.

Comenzó, no pudo evitarlo, a examinarse a sí mismo, la textura del pelo en el cuero cabelludo, la barba incipiente de la cara, el granulado de la piel de las manos, tan seco, la reducida visibilidad de los vasos sanguíneos en esa otra parte, el color de las uñas de los pies, los músculos de las pantorrillas, y, desnudándose, desesperado, aquel pene, anodino por su peso y tamaño, anodino salvo porque no era el suyo, y por tanto le parecía esperpéntico, más allá de toda aceptación posible, como una criatura marina que no debía existir.

El primer día, Anders mandó un mensaje en el que decía que estaba enfermo. El segundo, otro asegurando que estaba más enfermo de lo que pensaba, y que probablemente estaría de baja toda la semana, tras lo cual le llamó su jefe, y cuando Anders no contestó la llamada, le envió un mensaje en el que le decía más vale que te estés muriendo, pero después de aquello dejó a Anders en paz, aparte de enviarle, una hora más tarde, una breve advertencia: quien no trabaja, no cobra.

Anders aún no había visto a nadie desde su transformación y tampoco tenía ganas de hacerlo, pero se le acabó la leche y la pechuga de pollo y el atún en lata, y un ser humano podía consumir proteínas en polvo solo hasta cierto punto, lo que implicaba que tenía que salir y enfrentarse al mundo, o al menos al dependiente de la tienda de comestibles. Se puso una gorra y se la calzó hasta el fondo. Su coche, que había pertenecido a su madre, tenía más o menos la mitad de su edad, los trabajadores que lo ensamblaban hacía tiempo que se habían jubilado, o habían sido despedidos, o sustituidos por robots, y se balanceaba un poco cuando cambiaba de marcha, y más aún cuando cambiaba de dirección, como una bailarina de talle flexible o un borracho tal vez, pero su renovado motor tenía una agradable capacidad de respuesta y hasta cierto deseo de impresionar, y la madre de Anders había sido una fanática de la música clásica, por lo que su padre se había asegurado de que el sistema de sonido fuera bueno, con unos agudos claros, un registro medio adecuado, y lo que en opinión de Anders era, sobre todo en esa época, una especie de discreta y confiada falta de estruendo en los graves.

En el aparcamiento de la tienda de comestibles, vio que alguien le miraba y luego apartaba la vista, algo que volvió a suceder en el pasillo de los lácteos. No sabía qué pensaban, si es que pensaban algo, y supuso que aquellos destellos de hostilidad o desagrado habían sido solo fruto de su imaginación. Reconoció al dependiente que escaneaba sus compras, pero el dependiente no lo reconoció a él, y Anders tuvo un momento de pánico al darle la tarjeta de crédito, pero el dependiente no la miró, ni tampoco su nombre, ni su firma, ni respondió el agradecimiento y la despedida murmurados por Anders; no parpadeó siquiera, como si Anders no hubiera hablado en absoluto.

Cuando Anders regresó a su coche se le ocurrió que las tres personas que había visto eran todas blancas, y que tal vez se estaba volviendo paranoico, o le daba valor a detalles quizá sin importancia, y en un semáforo se enfrentó a su mirada en el espejo retrovisor buscando allí la blancura, porque en alguna parte tenía que estar, tal vez en su expresión, pero no la encontró, y cuanto más se miraba menos blanco se veía, como si buscar su blancura fuera lo contrario de la blancura, lo alejara de ella, lo hiciera parecer desesperado o inseguro, o como si no fuera de aquí, él, que había nacido en este lugar, maldita sea, y entonces oyó el sonoro y continuo claxon del coche de atrás, y empezó a circular por un semáforo que hacía unos segundos se había puesto en verde, y la mujer que iba tras él se desvió para adelantarle, bajó la ventanilla, y le insultó furiosa, le insultó fuerte y con contundencia, y luego aceleró, y él no hizo nada, nada, ni gritar, ni sonreír para desconcertarla, nada, como si fuera un deficiente mental, y ella era bonita, realmente bonita, o al menos lo había sido antes de gritar, y cuando llegó a casa se preguntó cómo tendría que haber reaccionado, cómo podría haberlo hecho, si había habido al menos alguna forma de que ella hubiese sabido que era blanco, o de que él lo supiera, porque de repente —y no había forma de esconderse de las consecuencias de todo aquello— ya ni lo sabía.

Anders le dio una calada al porro, retuvo el humo con fuerza en los pulmones, aunque tal vez fue un error, porque para cuando se preparó el almuerzo ya no tenía hambre; en su lugar había solo una especie de ansiedad punzante, de la que sabía por experiencia que más le valía fumar para no quedar atrapado en ella, y fumó más, y luego se quedó mirando el móvil, vagando por internet, y al final acabó cenando el almuerzo.

A Anders le hubiera gustado hablar con su madre, si hubiera habido una persona en el mundo con la que hubiera querido hablar justo en ese momento, habría sido ella, pero había muerto hacia unos años, por el agua, lo sabían, aquella agua que olía y sabía mal, pero que luego acababa mejorando, de modo que cuando llegó el cáncer que la devoró por dentro, como había devorado a tanta gente, fue difícil demostrar una causa concreta, al menos difícil demostrarlo en los tribunales, y en sus últimos meses no podía hablar, solo carraspeaba y quería que se acabara todo, por lo que el fin fue una bendición.

Pero antes de enfermar le había escuchado, y tenía una fe ilimitada en su hijo, mantenía largas conversaciones con él cuando tardaba en hablar, y le leía en la cama cuando se retrasaba en la lectura, y le encantaba asistir a su clase a los siete años, hasta el punto de que al año siguiente se negó a pasar a la siguiente, y se quedó en su clase durante dos semanas más hasta que le convenció de que aceptara, muy de mala gana, seguir adelante, y fue ella quien le convirtió en lector, y luchó para que dispusiera de tiempo extra en sus exámenes, y quiso que asistiera a la universidad, aunque había fallecido antes de que él pudiera ir, y al final la vida había seguido, y él no se había matriculado, aunque todavía por ella, pero también por él mismo, esperaba poder hacerlo algún día, o una noche, ya que las clases nocturnas le parecían más factibles.

En el instituto siempre le habían dicho que su mejor cualidad era la sonrisa, una sonrisa amable para todos, una sonrisa del tipo vamos, generosa, acogedora, que le había legado su madre, de su cara a la de él, y que ahora le faltaba, le faltaba el sentimiento que la hacía posible, y Anders no sabía si volvería.

CAPÍTULO DOS

Cuando Oona contestó al teléfono acababa de terminar una meditación, por lo que se encontraba en ese frágil estado de serenidad que la meditación es capaz de inducir, la sensación de que se ha llegado fugazmente a la cresta de la ola de los propios pensamientos, de que nos gustaría quedarnos ahí, como estamos en ese momento, y al desearlo, simplemente al desearlo, sentimos que empezamos a resbalar, a perder estabilidad, a hundirnos en el oleaje que se aproxima.

Sintió el pánico y la angustia en la voz de Anders junto a la presión del rectángulo plano de cristal y metal en la oreja, primero con una temperatura fría y luego neutra, y le dejó hablar, y mientras él siguió hablando, ella trató de tranquilizarle, de ser amable y comprensiva, pero no tenía puesto el corazón en aquello, se había apoderado de ella un distanciamiento, y es que mientras él hablaba, ella pensaba sobre todo, y cada vez más, en sí misma.

Oona había vuelto a la ciudad para ayudar a su madre a superar la muerte del hermano mellizo de Oona, una muerte que se veía venir desde hacía mucho, desde aquella

21

primera pastilla, quizá, a la edad de catorce años, y también había vuelto con la remota esperanza de que su mellizo la quisiera a su lado en su final; es más, de que pudiera querer de ese modo, de que los deseos relacionados con las personas aún pudieran aflorar en él con la suficiente fuerza como para superar los deseos provocados por las dependencias químicas, aunque esperar eso era esperar demasiado, oponer la esperanza de una persona a la laboriosidad de miles, tal vez de millones, y su hermano había acabado muriendo solo, como era de esperar, a pocos kilómetros de distancia de su familia.

De modo que Oona no se reprochó el hecho de pensar en sí misma en ese momento, mientras Anders hablaba de su crisis. Le gustaba Anders, pero la suya era una relación de instituto recientemente reanudada, en su opinión de forma algo transaccional, como una forma de pasar el rato, de sobrellevar el tiempo, y Oona no consideraba que dispusiera de muchas reservas para invertir en aquella nueva coyuntura, estaba agotada emocionalmente hablando, y de hecho profundamente endeudada, centrada sin más en su propia supervivencia, su propio ser, y estaba en su derecho de cortar con Anders, decirle que tenía que marcharse y eludir sus llamadas durante un tiempo, hasta que las llamadas cesaran, y eso era lo que pensaba hacer cuando dijo que tenía que dar una clase, pero luego se sorprendió a sí misma añadiendo, cansada, que iría a verle después del trabajo, esa misma tarde.

Y más aún se sorprendió cuando fue de verdad.

El trayecto en bicicleta desde su trabajo le llevó menos de un cuarto de hora, pasando de la parte más próspera a la más pobre de la ciudad; el cielo aún no estaba oscuro, pero solo las gasolineras, los bares, los restaurantes y las pequeñas tiendas de la calle seguían abiertas, en un número que oscilaba entre dos y cinco, no más de eso. La proporción de escaparates vacíos crecía a medida que avanzaba, y se veía a personas que parecían haber sido expulsadas hacía tiempo de aquellos locales abandonados, apoyadas en los carteles de las esquinas y tumbadas sobre cartones en los terrenos baldíos.

Anders llamaba a su casa su cabaña, y era pequeña, apenas una habitación, como una planta baja que tendría que haber desembocado en algo más, pero que no lo hacía. Oona llamó con fuerza a aquella puerta endeble, la golpeó en serio, y luego entró sin esperar respuesta. Rara vez estaba cerrada con llave. Quería ser ella quien lo viera, le inquietaba menos esa idea, la idea de encontrárselo en medio de lo que estuviera haciendo, lo prefería a esperar a que se presentara en esa nueva versión de sí mismo, observándola para ver su reacción, pero resultaba que estaba en el baño, por lo que no le quedó más remedio que esperar, inquieta, a pesar de todo.

El lugar estaba limpio y ordenado, todo donde correspondía, aunque tampoco era que Anders tuviera muchas cosas aparte de libros, de los cuales tenía una cantidad inusitada, o al menos más que la mayoría de los jóvenes, apilados contra las paredes en tablones de madera y bloques de hormigón, las estanterías más sencillas que podía imaginarse y que le recordaban a Oona lo lector y metódico que había sido en su adolescencia, un lector tan insólito como sincero.

Cuando salió, se quedó sorprendida, no solo porque era más oscuro, sino porque no era él mismo más allá de su tamaño y su forma. Hasta la expresión de su mirada era distinta, aunque tal vez fuera el miedo, el de él, no el de ella, y solo cuando habló y ella escuchó su voz supo con certeza, a pesar de que ya se lo había dicho, que efectivamente era él.

—¿Lo ves? —dijo él.

—Mierda —contestó ella.

Anders se sentó en el sofá y, tras un momento de vacilación, ella se sentó a su lado, y hablaron, y se dio cuenta de que estaba ansioso de que lo tranquilizaran, pero ella se resistía a hacerlo, se resistía a ser arrastrada otra vez a ese papel, otra vez no, y se resistía también a mentirle, porque no sabía de qué iba a servir, de modo que le dijo lo que pensaba, sin rodeos, que parecía otra persona, y no solo otra persona, sino un tipo de persona diferente, completamente diferente, y que cualquiera que lo viera pensaría lo mismo, y fue difícil, pero lo hizo.

Los ojos de Anders se llenaron de lágrimas pero no lloró, consiguió retenerlas en las pestañas, parpadeando y frunciendo los labios, y luego le preguntó si le apetecía un porro, esbozando incluso una sonrisa, a lo que ella le devolvió la sonrisa, lo que era un riesgo pero se le escapó de todos modos, y respondió que sí, diablos, sí le apetecía.

Él lio uno y fumaron, como hacían a menudo, y luego se quedaron un rato en silencio, colgados. Él señaló la cama con la cabeza y le pidió que se quedara, y ella se lo pensó, observándolo, desconcertada aún por su aspecto, y más aún por lo herido y vulnerable que parecía, y cuando Anders se levantó y se dirigió hacia allí, ella no le siguió, no hizo ninguna señal, no hasta que él empezó a desvestirse, y entonces ella hizo lo mismo, reticente, y se unieron con cierta cautela, casi como si uno acechara al otro, no estaba claro quién acechaba a quién, tal vez, a su manera, los dos estuvieran haciendo ambas cosas, y así fue como tuvieron sexo esa noche.

Anders trabajaba en un gimnasio y Oona era profesora de yoga, sus cuerpos eran jóvenes y esbeltos, y si nosotros, al escribir o leer esto, disfrutamos de una especie de placer voyeurista ante su acoplamiento, tal vez se nos pueda perdonar, porque ellos mismos experimentaron algo no muy distinto: Oona, de piel pálida, se veía a sí misma practicando su rutina con un desconocido de piel oscura, y Anders, el desconocido, presenciaba lo mismo, y el espectáculo les resultaba fuerte, visceral, y les afectaba hasta el punto de que, de forma inesperada o no tan inesperada, experimentaron una extraña e incómoda satisfacción al ser tocados por el otro.

Después de aquello, persistió una curiosa sensación de traición que les impidió conciliar el sueño. Oona salió de la cama en mitad de la noche, se vistió y se fue sin decir nada, quitó el candado a la bici y pedaleó tan rápido como pudo. La calle de Anders estaba oscura y en algunas de las calles de su recorrido había huecos en las farolas que tenían el aspecto de dientes perdidos. Si hubiera planeado quedarse hasta tan tarde, o irse tan temprano, probablemente habría llevado el coche.

Mientras pedaleaba, resistió el impulso de mirar hacia atrás o a la camioneta que, durante un rato, se mantuvo a su lado, y cuando llegó a casa, subió la bici por los escalones del porche, pasó junto a los carteles de la vigilancia del vecindario y de la empresa de seguridad doméstica, y cruzó la puerta principal, donde la abandonó de forma menos tentativa en el vestíbulo, luego subió las escaleras, oyendo el sonido de la respiración de su madre —más un jadeo ocasional que una serie de ronquidos— y llegó por fin a su dormitorio, que, al igual que el de su hermano, había quedado tal y como ella lo había dejado al irse de casa, y aunque a su regreso Oona había quitado los pósters y las pegatinas y los recuerdos de la etapa escolar y los había sustituido por plantas y fotografías y otras cosas de trabajo, señales de su vida adulta, seguía pareciendo, en esencia y también para ella, la habitación de una niña.

Cuando se despertó, Oona vio que tenía un mensaje de Anders y no contestó. En vez de eso, practicó el saludo al sol, concentrándose en el equilibrio y en lo que ella llamaba en sus clases la soltura, naturalidad y suavidad de los movimientos. Detectó cierta rigidez en sí misma, tanto física como mental, una especie de tirantez o dureza, que se propuso remediar mediante la meditación, pero los pensamientos del día anterior seguían entrometiéndose, por lo que trató como pudo de redirigir su atención a la preparación del desayuno para ella y su madre, avena del día anterior con bayas y mantequilla de nueces, que su madre aceptó con asombro y un movimiento de cabeza.

—Es tan sano que podría matar a alguien —dijo.

Oona enarcó una ceja.

—Esa es la idea —contestó.

Tras la comida, Oona revisó la medicación de su madre, una pastilla para el colesterol, otra para el azúcar en la sangre, la presión arterial, la debilidad, la depresión y la ansiedad, que debían tomarse en diferentes cantidades y combinaciones durante el día. Su madre había sido en su época de la misma altura que Oona, pero ahora era ligeramente más baja, pesaba el doble y parecía bastante mayor, aunque de vez en cuando, cuando dormía la siesta, su cara era capaz de retroceder en el tiempo y parecerse fugazmente a la de un bebé.

—La gente está cambiando —dijo su madre.

—¿Qué gente? —preguntó Oona.

—Toda —respondió, y luego añadió con intención— nuestra gente.

Era el tipo de conversación habitual, en este caso sobre gente blanca que de repente dejaba de serlo, y Oona vio en la pantalla de su teléfono la alerta de otro mensaje de Anders, pero no lo leyó, y en cambio le preguntó a su madre cómo lo sabía, y su madre dijo que por internet, y Oona replicó que no debía creer todo lo que leía en internet, y al principio lo dijo con sinceridad, por pura costumbre, con la voz cargada de convicción, pero solo un instante después, cuando pensó en ello, se vio obligada a fingir un tono veraz al repetirlo.

La madre de Oona no había sido muy fantasiosa durante la infancia de Oona y su hermano, o más bien, sí lo había sido, pero la suya no había sido una fantasía común: basada en la creencia de que la vida era justa y que todo iba a salir bien y que las personas buenas como ellos por lo general tenían lo que se merecían, ya que las excepciones no eran más que eso, excepciones, tragedias, pero había dejado de trabajar después de que nacieran los mellizos, y cuando murió su marido, inesperadamente joven, en su plenitud, si bien le dejó suficiente dinero para salir adelante, le arrebató también esa fantasía, dejándola sola frente a la lenta pérdida de su hijo, en un mundo que no le importaba y que empeoraba cada vez más, que se volvía cada vez más y más peligroso, un peligro que podía verse alrededor, solo había que echar un vistazo a la delincuencia y a los baches de las calles y a lo raras que eran las personas cuando llamabas para cualquier cosa, si necesitabas un fontanero, un electricista, o que te ayudaran con el jardín o con lo que fuera.

Oona era ahora la madre de su madre, así se sentía a veces, aunque quizá madre no fuera la palabra adecuada, tal vez hija estuviera bien, ya que ambas palabras significaban más de lo que nunca había creído, y cada una tenía dos caras, la de cargar y la de ser cargada, y al final cada palabra era idéntica a la otra, como en una moneda que solo se diferenciaba en el orden en el que salía uno u otro lado al lanzarla.

Oona escuchó a su madre, sabiendo que discutir era prolongar la conversación, que involucrarse implicaba perder, y cuando su madre comprobó que no obtendría el placer de la oposición, miró en dirección al cuarto de estar en el que estaba el enorme televisor, y Oona se puso la mochila, tomó su bicicleta y se dirigió hacia la puerta.

—Eres tan guapa —le dijo su madre cuando se marchaba— que deberías llevar un arma.

CAPÍTULO TRES

Aquella semana, Anders se sintió vagamente amenazado cuando paseaba por la ciudad, cosa que evitó al máximo y —aunque también eso entrañaba un riesgo— lo hizo con una sudadera con capucha, por lo que su cara era invisible a ambos lados. Si hubiese hecho más frío en aquellos gloriosos días de principios de otoño, se habría puesto guantes, pero eso habría parecido ridículo dada la temperatura, de modo que mantenía las manos en los bolsillos y una mochila colgada al hombro para llevar lo que había salido a buscar, papel de liar o pan o un cargador de repuesto para el teléfono, lo que implicaba que podía mantener las manos ocultas y sacarlas solo cuando tenía que abrir una puerta o resolver un pago, un destello de piel oscura parecido a un pez que sube a la superficie y baja de nuevo, consciente de los riesgos de que lo vean.

Las personas que le conocían ya no le conocían. Se cruzaba con ellas en el coche o la acera, en donde a veces le dejaban espacio de sobra, y en donde también a veces, inconscientemente, él respondía de igual forma. Nadie le pegó, ni le acuchilló, ni le disparó; nadie le agarró, ni siquiera le gritó, no después de la mujer del coche, al menos de momento, y Anders no estaba seguro de dónde provenía aquella sensación de amenaza, pero ahí estaba, era intensa y en cuanto se le hizo evidente que era un extraño para aquellas personas a las que habría podido llamar por su nombre, ya no intentó mirarles a la cara, ni dejar que su mirada se detuviera de forma que pudieran malinterpretarlo.

Casi tan inquietante como ver a alguien que reconocía era la sensación de ser reconocido por alguien a quien no reconocía, alguien de color que esperaba en una parada de autobús o tenía una fregona en las manos o estaba sentado en un grupo en la parte trasera de una camioneta, sentado en un grupo que parecía, no podía evitar pensarlo, más un grupo de animales que de seres humanos, un grupo de animales transportados para realizar una tarea de un sitio a otro, y en realidad eso era lo más inquietante, el momento en que un hombre de color lo miraba, miraba a Anders como si por un instante lo conociera y sus ojos se encontraban, no con amistad ni hostilidad, sino como se encuentran los ojos de las personas cuando se miran como personas, y cuando eso sucedía, Anders desviaba rápidamente la vista hacia otro lado.

Anders postergó decírselo a su padre, no sabía por qué, tal vez porque su padre siempre había parecido un poco decepcionado con respecto a él, y eso aumentaría su decepción, o tal vez porque su padre ya tenía bastante con lo suyo y Anders no quería aumentar esa carga, o tal vez porque hasta que no se lo dijera a su padre, no habría sucedido realmente, Anders seguiría siendo Anders, allí en la casa donde se había criado, y el hecho de decírselo lo desharía y provocaría que todo fuera diferente, irremediablemente diferente, fuera cual fuere la razón, así que esperó, esperó, hasta que al final se lo dijo.

Lo hizo por teléfono, lo que era una cobardía, pero no tenía ni idea de cómo pasar por allí y soltarlo sin más, cómo hacer para que su padre le creyera siquiera, y así era como se lo había contado a Oona, por teléfono, de modo que así lo hizo una vez más, y su padre colgó a la primera, y a la segunda le preguntó si estaba drogado, si le parecía gracioso, y cuando Anders contestó que no a ambas cosas, le preguntó, con dureza en la voz, una dureza que a Anders le resultaba familiar, si su hijo estaba intentando llamarle racista, a lo que Anders respondió que definitivamente no, y entonces su padre le dijo: demuéstramelo, listillo, ven aquí y demuéstramelo si puedes.

El padre de Anders le había pegado solo una vez como es debido, en realidad le había pegado en más de una ocasión, pero una paliza contundente, eso solo había ocurrido una vez pues su madre se lo había prohibido desde hacía tiempo, y la vez que le había pegado fue porque se había descuidado con un rifle cargado, descargándolo por error; Anders se había despistado después de que le advirtieran reiteradamente, y por aquel entonces Anders era dos cabezas más bajo que su padre, y su padre, pensaba Anders, había hecho bien en pegarle, pero había sido una paliza que Anders no iba a olvidar en la vida, ni la paliza ni la lección, y de eso se trataba: un arma era un indicador en el viaje de la muerte y debía respetarse como tal, como un ataúd o una tumba o una comida en invierno, no se debía hacer el tonto con ella. Tal vez por eso, mientras conducía ahora en dirección a casa de su padre, y a pesar de que Anders era ya un hombre más alto y corpulento, por alguna razón esa paliza se abrió paso entre sus recuerdos.

El padre de Anders era un capataz de construcción demacrado y enfermo hasta la médula, enfermo en las entrañas, pero no confiaba en los médicos y se negaba a verlos. Sus ojos pálidos ardían como si tuviera fiebre, como si rezara para que lo asesinaran; llevaban así desde que había muerto la madre de Anders, o desde que había enfermado y había quedado claro que no iba a mejorar, o tal vez desde antes de eso, Anders no estaba seguro, pero a pesar de toda su delgadez, tenía la espalda erguida y los antebrazos eran como cuerdas tensadas, y podía caminar cargando un peso impresionante apenas sin balancearse, con esa clase de fuerza con la que hacía las cosas, una fuerza temible, para hablar con franqueza. Su padre le esperaba en la entrada de su casa y miró a su hijo, aquel hijo que le recordaba a su mujer, la madre del chico; no es que el chico fuera blando, pero era más suave de lo conveniente y soñaba despierto con demasiada facilidad, y tenía su buena impronta, un chico con el molde de su madre, pero al ver a su hijo ahora, al ver a Anders acercarse, todo eso se desvaneció, ella se había ido, y ese muchacho que complicaba hasta las cosas más fáciles, que aún no había encontrado su camino, ese muchacho, podía ver el padre de Anders, iba a pasarlo muy mal, y su madre se había desvanecido, ella no se vislumbraba ya en él, y así se quedó él, el padre de Anders, con un cigarrillo en la boca, una mano aferrada a la manga de su hijo, la otra rígida a su lado, y lloró, lloró como un escalofrío, como una tos interminable, sin hacer un ruido, mirando fijamente a ese hombre que había sido Anders, hasta que su hijo le llevó adentro, y ambos se sentaron por fin.

En su día libre, Oona fue a ver a una amiga a la ciudad, la misma ciudad en la que había ido a la universidad y en la que había comenzado su vida y la había interrumpido, o abandonado, no estaba segura qué; alguna vez había pensado que lo primero, pero era realista y sabía que cada mes que pasaba lejos de la ciudad iba a ser más difícil volver a ella, lo sabía, así funcionaba la ciudad, ese era el precio que había que pagar y en buena medida ella estaba dispuesta a pagarlo, lo estaba pagando, pero echaba de menos la ciudad, la echaba de menos furiosamente, sobre todo en ese momento, mientras conducía las tres horas de viaje de ese día y se dejaba llevar por su llamada.

Al cruzar el puente y el poderoso río y ver los altos edificios, le pareció que entraba en otro mundo y se convertía en otra Oona, y no tendría que haber sido posible detenerse sin más y salir de su coche en esas calles que conocía tan bien, pero así fue, y dio un paseo por el parque de su antiguo barrio, y compró una botella de vino en su antigua bodega, y vio cómo las luces empezaban a brillar contra el atardecer, y a continuación volvió a estar en el pequeño apartamento de su amiga, y el vino estaba abierto y la ciudad estaba ahí, al otro lado de la ventana, y si hubiesen querido ambas podrían haber fingido que no había pasado el tiempo entre ellas.

Pero entonces hablaron, y Oona no tenía intencion de hablar de su hermano, pero su amiga se lo pidió, de modo que lo hizo, y eso le cambió el humor y volvió a ser ahora, ya no antes. Luego hubo que comer y eso las llevó a salir, y mientras comían, bebían, y su espíritu se alivianaba, fueron a un bar en el que Oona nunca había estado, y siguieron bebiendo, y unos tipos les tiraron los tejos, y hubo baile, y también un cuerpo cerca del suyo, y sintió que la acariciaban a través de la tela del vestido, y hubo luego una proposición, y un ritmo compartido, y pensó en ir a su casa; más que pensarlo, le pareció el comienzo de algo, el deseo, aunque también el cansancio, el cansancio y la excusa de que tenía que levantarse temprano al día siguiente, y luego hubo un sueño intranquilo en el saco de dormir de su amiga, sobre aquella franja del suelo desnudo, y una alarma al amanecer —ella, que nunca había necesitado una alarma—, y a continuación de nuevo la carretera con un gran café que sustitía a su acostumbrado

ritual matutino, bajo un cielo rojizo, con la mente cargada y quejumbrosa, la música baja, regresando para llegar
a tiempo a su clase del mediodía, para enseñar, para sacar
lo mejor de sí, y dar la clase.

Esa semana Anders envió algunos mensajes a Oona y ella
solo respondió de forma intermitente, en opinión de él lo
justo como para volver a intentarlo uno o dos días más
tarde, en opinón de ella lo justo como para no parecer
completamente insensible; el mero hecho de enviarle
mensajes no hablaba mucho de su inteligencia, y se cuidó
de no responderle con tanta facilidad como para darle a
entender que estaba más cómoda con su situación de lo
que estaba en realidad, lo que equivalía a decir que no
estaba cómoda en absoluto.

De todo el país empezaron a llegar noticias sobre los
cambios de la gente, noticias al principio absolutamente
cuestionables, obviamente falsas y hasta ridiculizables con
razón, pero más tarde retomadas por fuentes fiables, como
una cuestión que debía confirmarse, que de hecho se con-
firmaba, algo que al parecer estaba ocurriendo de verdad.

Luego la madre de Oona la llamó una noche para decirle que bajara, que estaba saliendo en la tele, que estaban entrevistando a alguien que había dejado de ser blanco
en ese momento en las noticias, y luego, cuando Oona
llegó a su lado, le dijo: ya ves, ya ves, ahí tienes la prueba,

y Oona miró y al cabo de un rato salió y llamó por teléfono a Anders.

Tras la casa de Oona se veía la luna, poco menos que llena, una luna embarazada, así la llamaba su padre, y las estrellas dispersas por el cielo, y Júpiter estaba allí, brillante, y Saturno no tanto, y ella siguió su arco buscando a Marte, pero había árboles en medio, y Marte no se veía por ninguna parte, y el no ver a Marte le hizo pensar en lo gélido que era el espacio, en lo inhumano, un vacío sin vida, tan muerto como su padre y su hermano que había seguido tras él y que nunca había superado su muerte, y ese hilo mental la descolocó, haciendo que la Tierra pareciera un ancla menos fiable, que su conexión con la hierba bajo los pies descalzos pareciera menos firme, y sintió el efecto de la ausencia de su hermano y de su padre tirando de ella, aquella nada que se los había llevado, que nos lleva a todos, cómo es que nos lleva a todos, aniquilándonos, y entonces sonó un timbre, un timbre que se detuvo, y Anders respondió a la llamada.

Él también había visto las noticias.

—Supongo que no eres el único —dijo ella.

—Supongo que no —respondió él, en voz baja.

—¿Qué se siente? —preguntó ella.

Él esperó un buen rato.

—No me siento peor —dijo. Y por la forma en que lo dijo, a ella le sonó como una invitación.

CAPÍTULO CUATRO

Anders le explicó la situación a su jefe, le dijo que no era especial ni contagiosa que se supiera, y volvió al gimnasio tras una semana de descanso. Su jefe le esperaba en la entrada, más grande de lo que recordaba Anders, aunque obviamente tenía el mismo tamaño. Le miró de arriba abajo y dijo:

—Yo me habría suicidado.

Anders se encogió de hombros, sin saber qué responder, y su jefe añadió:

—Si me hubiese pasado a mí.

Olía a sudor, pero el gimnasio estaba vacío porque era temprano, las barras de acero y las plataformas con suelo de madera y los bancos repletos de grietas pegadas con cinta adhesiva estaban desocupados, y cada uno se puso a entrenar por su lado, el jefe de Anders con monstruosas series de sentadillas, fornido, con codos como rodillas, rodillas como cabezas, la cara roja de furia, como siempre que alzaba peso, haciendo recordar a Anders aquella ocasión, hace unos meses, en que su jefe estuvo a punto de agredir a una persona que le habló durante una reunión, le habló justo en el momento equivocado, cuando estaba en su territorio, el territorio berserker que habitaba justo antes de cada levantada, pues hasta en la mediana edad su jefe seguía siendo un competidor muy serio, categoría maestro. Recordó cómo tuvieron que sujetar a su jefe, con gran dificultad, cuatro hombres grandes, hombres mucho más grandes que Anders, y Anders estaba allí, cerca, no para competir sino solo para apoyarle, y todo aquel incidente le dejó intranquilo, había algo primario en él, desasosegante, lo recordó justo entonces, cuando su jefe se detuvo entre las series, se detuvo y observó a Anders haciendo un levantamiento de peso, Anders, que en ese momento estaba alcanzando su peso de trabajo, ni un gramo más ni un gramo menos que el que solía levantar Anders, lo que en cierto modo le tranquilizaba, pues al menos algo no había cambiado, pero se preguntaba si su jefe lo sentiría de otra manera, dada la intensidad con la que le miraba, si esperaría que el peso fuera otro, porque Anders era otro, o si todo aquello no estaría sucediendo más que en la mente de Anders, pero fuera como fuere se sintió aliviado cuando entró el primer cliente, y ya no fueron dos, sino tres.

Fue pasando el día y el gimnasio se fue llenando, y Anders no lo deseaba, pero empezó a notar miradas rápidas y evasivas a medida que se corría la voz de que él, aquel tipo de color, era Anders, había sido Anders, y Anders trató de pasarlo por alto, ya que era popular en el gimnasio, la persona a la que uno acudía cuando le dolía la rodilla o cuando no llegaba fácilmente a lo alto, cuando uno se esforzaba más de la cuenta o sentía que toda una vida de dolores se había llevado lo mejor de uno mismo, lo cual sucedía a menudo, porque aquel era un gimnasio de los de antes, un gimnasio rudo, en el que los hombres —por lo general solo los hombres— ponían la gravedad a prueba con sus pesas, no un lugar reluciente con máquinas cromadas; los clientes eran más viejos allí y no se ejercitaban como si estuviesen haciendo deporte sino como si fuesen presas de la desesperación, por eso apreciaban a Anders, a quien los veteranos llamaban doc, abreviatura de doctor, porque en sus años allí se había convertido en un experto en recomponer cuerpos, y leía todo lo que le ponían por delante, era una especie de experto erudito, y por eso le gustaba a la gente, le gustaba mucho, o al menos le gustaba antes, porque ahora no se sentía del todo así, no se sentía del todo cómodo, se sentía, para hablar con franqueza —y a menos que estuviera siendo paranoico, tal vez lo estaba siendo— un poco al límite.

Anders se dijo a sí mismo que aquellas miradas eran normales, que cualquiera habría hecho lo mismo, que también él habría hecho lo mismo, al fin y al cabo no era una situación normal, y para tranquilizar a la gente, y también a sí mismo, trató de retomar sus bromas de siempre, de ser, por así decirlo, él mismo, de actuar indiscutiblemente como si fuera él, pero resultó más difícil de lo que había imaginado, imposible en realidad, pues qué había más distinto de uno mismo —más incómodo— que intentar ser uno mismo, y esa artificialidad le desconcertaba, pero no tenía ni idea de con qué sustituirla, de modo que empezó a imitar a quienes le rodeaban, a hacerse eco del modo en que hablaban, caminaban y se movían y de la forma en que cerraban la boca, como si estuvieran representando un papel; él también intentaba representarlo, pero no sabía qué era, y además, fuera lo que fuere, no funcionaba, o tal vez su representación no era la adecuada, porque la sensación de estar siendo observado, de sentirse fuera, mirado por los que estaban dentro, de estropear las cosas con su propia presencia, aquella sensación profundamente frustrante, no desapareció en todo el día.

❧

Oona pasó ese día en su taller, sus clientes eran muy distintos a los de Anders, en su mayoría mujeres, y aunque no llegaban a ser adineradas, sí eran más ricas según los estándares locales, y más educadas también, evitaban el envejecimiento tratando de mantenerse flexibles y relativamente esbeltas, en un entorno en el que los olores humanos quedaban desterrados, y se introducían en su lugar los inspirados por las plantas, que connotaban tal vez, pensaba Oona, el ciclo natural de la vida o, mejor pensado, todo lo contrario: el de la inmortalidad, como en un bosque de secuoyas, esos árboles que podían vivir casi para siempre.

Oona era la más joven de las instructoras principales del taller, y estaba muy solicitada porque era diligente y talentosa, y porque tenía el aspecto adecuado, su cuerpo era el tipo de cuerpo al que sus clientas atribuían legitimidad, y si no era excesivamente amable, al menos no era antipática, lo que además resultaba comprensible, dada la reciente tragedia de su familia, cuya historia se había comentado ampliamente entre las asiduas del taller.

A diferencia de Anders, Oona no sabía si quería que aquel trabajo se conviertiera en su carrera. Enseñar yoga había empezado como algo secundario, aunque nunca tuvo claro secundario con respecto a qué, al no encontrar en la ciudad un trabajo supuestamente de verdad que cuajara, o una vocación que sintiera como una vocación inequívoca; después de haber coqueteado con la actuación y la escritura y hasta con una *start-up* pero sin avanzar demasiado en ninguna de aquellas cosas, durante un tiempo se había planteado lucrar mediante las redes sociales, publicando imágenes de su vida diaria y sus costumbres, pero aunque tenía seguidores, no tenía los suficientes, y muchas veces se había preguntado si sería por no ser lo bastante atractiva o lo bastante hábil con las fotografías, o si era que parecía falsa, si su falsedad era menos disimulada que la de los demás, y aunque había miles de desconocidos que parecían encantados de mirarla, no eran cientos de miles, ni millones, ni siquiera las decenas de miles que habrían supuesto un diferencia real, y parecía que nunca lo serían, y además la constante representación de sí misma la privaba en parte de la verdadera satisfacción que encontraba en el yoga; por eso cuando murió su hermano dejó de postear, y ya no sintió ningún deseo de postear nada más, y aunque no borró su cuenta, simplemente la dejó allí, como una puerta trasera a esa búsqueda potencialmente adictiva de la celebridad o un cigarrillo en casa de alguien que ha dejado de fumar, y que lo ha superado, pero que aún siente con placer esa parte de sí mismo que sentía placer al ser fumador.

Cuando terminó el trabajo esa noche, Oona volvió a casa en bicicleta y cenó con su madre. Su madre apenas probó bocado, lo que significaba que seguramente había comido ya, aunque ella lo negó, lo negó con un tono acorralado que sugería que sí lo había hecho, y además se quejó de que le dolía, la única dolencia que Oona y ella habían acordado que no tratarían con medicación fuerte por lo que le había hecho al hermano de Oona, y luego cada una se bebió un vaso de vino y Oona le preparó un baño a su madre con velas y sales efervescentes, y ayudó a su madre a acomodarse en el borde para asegurarse de que no se cayera otra vez, ya que la entrada a la bañera era más complicada que a la ducha, y luego salió del baño mientras su madre esperaba para quitarse la bata corta, a diferencia de cuando era una niña, cuando se desnudaba y bañaba delante de ella sin pensarlo dos veces, un pudor nuevo nacido del espanto, y al terminar, Oona se sentó junto a la cama de su madre y le masajeó los pies suaves y ásperos con crema, y luego se escabulló afuera, confiada en que su madre se dormiría, cosa que no había podido hacer la noche anterior, no al menos como es debido, solo un par de horas agitadas, pero cuando Oona comprobó unos minutos más tarde que lo había conseguido, que el sonido era inconfundible, el más breve de los jadeos solitarios toda una victoria, cuando pensó que tendría que estar lista para irse ella también a la cama, sintió, sin embargo, que no estaba preparada, que estaba descentrada, aturdida, y en vez de irse a la cama, bajó las escaleras y se fue sin decir nada a casa de Anders.

Oona no sentía que deseara que la tocaran, no creía buscar un desahogo físico, quería otra cosa, compañía tal vez, sí, su compañía, la compañía de Anders, sentarse con él, que la comprendiera, y estar allí, sin más.

Lo ocurrido con Anders casi la disuadió a medio camino, se detuvo en un semáforo en rojo, pero no dio marcha atrás y entonces llegó, y la puerta estaba sin llave, como siempre, y tras un par de golpes de advertencia ya estaba dentro, y el hombre de color seguía allí, ese hombre de color que había sido Anders, ya lo había visto una vez a ese hombre de color, incluso había tenido sexo con él; resultaba extraño pensarlo ahora porque era como si lo viera por primera vez, una persona desconocida, y tuvo que esforzarse para ver a Anders en él, para ver que ese hombre era Anders, el Anders al que estaba acostumbrada, con el que había pasado muchas noches en los últimos meses, ese era Anders, Anders frente a su viejo y tosco ordenador, dando palmaditas con el ordenador apoyado en el regazo, mirándola y sonriendo con una sonrisa que no reconocía, no en él, aún no, una sonrisa que a pesar de todo no incrementaba esa fuerza que ella sentía que la estaba erosionando, una sonrisa que mantenía sin esfuerzo y no le exigía nada.

Escucharon música y se fumaron un porro, Anders en el sofá, Oona en el suelo, la distancia y la diferencia de altura impedían que se tocaran inconscientemente, de modo que solo se tocaban al pasar, rozando los dedos, y hablaban un poco pero no demasiado, Anders sorprendido y contento de tenerla allí, pero también preocupado por su presencia, preocupado por la facilidad con la que podía perderla, y por lo que implicaba estar preocupado por algo así, y Oona no había sido consciente de haber estado esperando, pero al parecer así había sido, porque empezó a hablar, y en cuanto empezó, no paró durante un buen rato.

Oona contó una historia de renacuajos, de viajes al estanque para recogerlos, un estanque que estaba cerca de lo que llamaban la cascada, un acantilado de hormigón casi de la altura de un adulto, sobre el que brotaba un arroyo cuando llovía, y goteaba cuando no, y en el estanque había renacuajos que a su hermano le encantaba recoger con una red de peces de acuario, pero primero estaba la gelatina punteada de los huevos, y luego aquellas formas más pequeñas que se retorcían, y luego en la siguiente visita los renacuajos ya tenían el tamaño adecuado, pero aún así esperaban, esperaban hasta que sus patas delanteras empezaban a crecer, hasta que llegaban los primeros nudos, los muñones, y entonces era cuando a su hermano le gustaba recogerlos, siempre un par, los llamaban él y ella, aunque no sabían si lo eran en realidad, no podían distinguir al uno del otro; los recogía entonces porque en esa etapa resultaban más interesantes, y se los podía observar en un tanque de agua del estanque de casa, con las patas delanteras creciendo, las colas encogiéndose, y el plan de devolverlos antes de que desaparecieran las colas, antes de que fueran ranas y se ahogaran, un plan bien pensado que nunca dio resultado, ni una sola vez en todas las veces que lo intentaron, lo cual suena horrible ahora, pero entonces era simplemente triste, estábamos tristes por ellos, como si no fuera nuestra culpa que murieran, y con eso terminó Oona, y al terminar se levantó y se tocó las mejillas, preguntándose si las encontraría húmedas, pero no había lágrimas allí, y su voz era firme, por lo que concluyó que no había llorado, y se despidió de Anders con un pequeño saludo de la mano.

CAPÍTULO CINCO

El jefe de Anders le había dicho que él se habría suicidado, y eso fue precisamente lo que hizo a la semana siguiente un hombre de la ciudad, cuya historia Anders siguió en la prensa local, o más bien en internet, en el suplemento local de una gran publicación, ya que el periódico local había cerrado hacía tiempo. El hombre se pegó un tiro frente a su propia casa, un disparo que no vio, pero sí oyó cierto vecino, y llamó a la policía, y se supuso que había sido un acto de defensa del hogar, que el cuerpo oscuro que yacía allí era el de un intruso al que se había disparado con el arma tras un forcejeo, pero el dueño de la casa no estaba presente, no aparecía por ninguna parte, y entonces cotejaron el anillo de boda y la cartera y el teléfono del muerto, y también los mensajes enviados, y los expertos sopesaron la situación, y la respuesta fue clara; en otras palabras, que efectivamente un hombre blanco había disparado a un hombre de color, pero el hombre de color y el hombre blanco eran la misma persona.

El ánimo de la ciudad estaba cambiando más rápidamente que su fisonomía. Anders no lograba percibir aún ningún cambio real en el número de gente de color en las calles, o si lo lograba, no estaba seguro de ello, los que habían cambiado seguían siendo, según todos los indicios, pocos y distantes entre sí, pero el ánimo sí, el ánimo estaba cambiando, y las baldas de las tiendas estaban más vacías que antes, y por la noche las calles estaban más desiertas, e incluso los días eran más cortos y fríos de lo que habían sido hasta hacía poco, las hojas ya no parecían tan convencidas de su verdor, y aunque esos cambios estacionales tal vez solo siguieran el transcurso normal de las cosas, a Anders le parecía que aquel transcurso estaba más cargado que nunca.

En el trabajo, Anders se había vuelto más reservado, menos seguro de cómo se percibiría cualquier cosa que hiciera, y era como si le hubieran dado un papel secundario en el plató del programa de televisión en el que se representaba su vida pero aun así no hubiera perdido la esperanza de volver a su antiguo papel, su viejo papel protagonista, o si no al protagonista, al menos a un papel mejor que aquel secundario, y por eso medio se entusiasmó al oír que un antiguo cliente del gimnasio había cambiado, o más bien se entusiasmó del todo; esperaba su llegada con cierta impaciencia, ahora Anders no sería el único, estaba entusiasmado hasta que el hombre llegó a la hora que se le esperaba, un hombre de color reconocible solo por su chaqueta, y se quedó allí, aquel hombre, mirando a su alrededor, mirando a los que le miraban, y se fue sin decir una palabra, como si nunca, nunca más fuera a volver.

La madre de Oona era muy activa en internet, escuchaba la radio y miraba las noticias, y había llegado a creer que se encontraba entre ellas, entre las personas elegidas, las que entendían el complot, ese complot que según su hija era ridículo, un complot que llevaba tramándose años, décadas, quizá siglos, ese complot contra su especie, sí, su especie, no importaba lo que dijera su hija, porque ellos tenían una especie, el único pueblo que no podía llamarse pueblo en este país, y no quedaban muchos, y ahora ya había ocurrido, ya lo tenían encima, y ella estaba asustada, porque qué iba a hacer ahora, pero algunos de entre los suyos se levantarían y la protegerían, y ella tenía que creer en ellos, y estar preparada, estar preparada lo mejor que pudiera para protegerse a sí misma, y sobre todo a su hija, su hija que era el futuro, era el futuro de todo, porque sin su hija, sin todas sus hijas, estarían perdidos, sería como un campo sin brotes, sin arbolitos, sin vida, un desierto cubierto de arena, con lagartijas que correteaban a lo lejos y extraños cactus que crecerían donde antes había habido abundantes cosechas, y ella habría preferido no vivir estos tiempos, le daban miedo, estaba aterrada, pero era su destino, igual que había sido el destino de sus antepasados vivir en épocas de guerra, plagas y calamidades, y tenía que ser digna de sus ancestros, recomponerse, salir adelante, por su hija, por ella misma, por su pueblo, y hacer lo que había que hacer.

Eran necesarias provisiones y ella ya había perdido demasiado tiempo dudando, había comprado demasiadas pocas cosas, había comprado poco porque tenía poco dinero, porque su marido le había dejado lo justo, y durante algunos años le había parecido que se iba a acabar antes de tiempo, y otros años que iba a durar, pero ya no tenía margen de error, y todos los años fue cuidadosa, zurció su ropa, moderó la calefacción, buscó buenas ofertas, evitó frivolidades salvo en contadas ocasiones, muy contadas, cuando no podía evitarlo, como con el televisor, que era más grande de lo que necesitaba pero tan importante que se había permitido el capricho, y aun así lo había comprado de segunda mano, en una tienda en la que le daban garantía, y ahora necesitaba provisiones, suficientes para aguantar mucho tiempo, y costarían dinero, y le desbaratarían el presupuesto, lo desbaratarían por completo, y por eso había dudado, pero sabía que no podía dudar más.

Oona trató de disuadirla, de decirle que comprar algo más era sensato pero que esto no lo era, que era demasiado, y sus discusiones se hicieron más acaloradas, y cuando iba con su madre a los grandes almacenes de las afueras de la ciudad en los que se podía comprar al por mayor, Oona no dejaba que su madre escuchara las emisoras de radio que ella quería escuchar, e intentaba aportar una dosis de realismo a los trámites, y se cuestionaba la cordura de su madre, y hasta la suya propia, porque su madre estaba convencida, y no se dejaba disuadir, y se sentía reforzada en su convicción al ver aquellas filas de compradores que evidentemente pensaban como ella; los artículos se agotaban, no solo la comida sino las pilas y las vendas y las medicinas, y muchas otras cosas, y cuanto más compraba su madre, más compraba Oona junto a su madre, más se alarmaba Oona, más le hacía dudar y sentirse insegura, o tal vez menos segura de que su madre se equivocaba, menos capaz de decir, con seguridad, que se aproximaba —una locura, una locura, pero tal vez perceptible en el aire—, que tal vez se acercaba, aunque no podía ser, una enorme, una terrible tormenta.

Oona y Anders fueron a dar un paseo y Oona le habló de la obsesión de su madre por estar preparada, y de sus recientes salidas de compras, y de todo el acaparamiento que había visto, de la forma en que la gente acaparaba cosas, y Anders replicó que tal vez él también debería acaparar un poco, que tal vez habría altercados, aunque esperaba que las cosas se calmaran, ¿creía ella que las cosas se iban a calmar?, y ella respondió que sí pero luego dijo que ya no sabía, y él dijo que tampoco sabía, que había pensado que todo se iba a calmar en algún momento, pero para ser sinceros, ya no lo sabía.

Caminaban junto a un arroyo, un arroyo que corría junto a su antiguo instituto, un arroyo apaciguado ahora, en otoño, y que serpenteaba por un terreno agreste entre el aparcamiento y el agua, frente a la escuela, con botellas rotas y restos de basura esparcidos por el sendero de grava. A Anders le gustaba esa zona, obviamente no porque le resultara atractiva en sí misma, sino porque le recordaba a los porros y a las caminatas de borrachera con algunos compañeros de los que desearía no haberse alejado, y a Oona le gustaba porque solía pasear por allí con su hermano, juntos después de clase, y en ese momento salió el sol, y las altas hierbas de los humedales, las espadañas, se mecieron con la brisa, una brisa con un ligero toque helado, pero estaban vestidos adecuadamente, Anders y Oona, estaban preparados para ello, y no les resultó para nada desagradable.

Oona sintió el frescor en la cara, avivándole la piel, y pasearon, y entonces Anders dijo que no estaba seguro de ser la misma persona; al principio había sentido que bajo la superficie seguía siendo él, quién podía ser si no, pero no era tan sencillo, y la forma en que la gente actúa a tu alrededor cambia lo que eres, la persona que eres, y Oona dijo que lo entendía, que era como aprender un idioma extranjero, y que cuando tratas de hablar un idioma extranjero, pierdes el sentido del humor por mucho que lo intentes, no se puede ser gracioso como antes, y Anders dijo que no sabía ningún idioma extranjero, que ya le había costado bastante leer y escribir en su propio idioma, y se rio, y ella se rio con él, y añadió: pero entiendo lo que quieres decir, sí, es exactamente eso.

Un gran camión retumbó sobre un bache en algún lugar a la distancia, y mientras los ecos de los sordos

estruendos se desvanecían, Anders dijo que había un muchacho de la limpieza en el gimnasio, un chico de color
que trabajaba por las noches, y que Anders siempre había
sido amable con él, pero que el chico de la limpieza había
empezado a mirarle de otra manera después de que Anders cambiara, y a Anders eso no le había gustado, pero
le había hecho pensar, y se había dado cuenta de que el
chico de la limpieza era el único del gimnasio que nunca
hacía deporte allí, y que era un tipo pequeño, y que le habían contratado por eso, porque era pequeño en un lugar
en el que era importante ser grande, y no sabía si tenía familia en su lugar de origen o si estaba solo, ni por qué nunca le había preguntado esas cosas, por qué le molestaba su
nueva forma de mirarle, la forma en que le miraba como si
Anders pudiera dirigirse a él, pero Anders aún no le había
hablado, no más allá del habitual que tengas un buen día, y
Anders había decidido que le iba a hablar por fin, después
de todos estos años, que iba a dejar de ser amable con él, lo
que en realidad tampoco había sido ser amable, sino simplemente tratarlo como un cachorro, un perro al que se le da
unas palmaditas y se le dice buen chico, que en vez de eso
Anders hablaría con él y vería lo que tenía que decir, no
porque Anders fuera mejor que antes, sino porque la forma
en que Anders veía las cosas ya no era la misma y el chico
de la limpieza probablemente podría decirle a Anders algunas cosas, y Anders seguramente podría aprender.

Los mosquitos habían desaparecido, y las libélulas
también, el aire sobre el arroyo estaba desprovisto de los

habituales enjambres de insectos, tamizados ahora por el otoño, y los pájaros en lo alto volaban hacia climas más cálidos, y era uno de esos días en que se podía sentir cómo el planeta realizaba su viaje, se inclinaba y giraba al avanzar, sin detenerse nunca, imparable, convocando a las tardes desde las mañanas. Oona contempló a Anders y pensó en silencio que a veces le parecía normal y a veces extraño, que su percepción cambiaba, como cuando se mira una pantalla de televisión en blanco, una pantalla cubierta de estática, y al cabo de un rato se empiezan a ver imágenes, imágenes extrañas, parecidas a serpientes, olas o hasta una montaña, pero no, no era exactamente eso, porque no se trataba de la cara de él, sino más bien de su percepción, que se invertía de un segundo al otro; se parecía más bien a oler un cartón de leche y pensar que está en mal estado, pero luego probarlo un momento más tarde y sentir que está bien.

Tenían el día libre, habían cuadrado casualmente sus agendas para que ese día libre coincidiera, deseosos de encontrarse a plena luz, en otro lugar que no fuera la casa de Anders, sin las presiones y complicaciones de la cercanía de una cama. No era un día libre en los colegios, pero en la orilla opuesta había algunos escolares, uno de ellos fumaba, otro hacía rebotar piedras sobre el agua, y los chicos no miraron fijamente a Anders y a Oona al acercarse, pero luego sí miraron, y los chicos eran todos de un color semejante, más o menos parecido, mientras que Anders era de color y Oona era blanca, y Anders y Oona adquirieron en ese instante una profunda conciencia de su diferencia, y el chico que hacía rebotar piedras no dejó de hacerlo, y las piedras planas y afiladas que lanzaba no eran necesariamente redondas, y algunas llegaban más lejos que otras, y una de ellas podría haber llegado hasta Anders y Oona y haberse estrellado contra el sendero mientras caminaban, pero ninguna piedra los golpeó, ni se acercó especialmente, Oona no sabía si por azar o por designio, y Anders mantuvo la vista fija en el frente, sin mirar a los chicos, sin cuestionar aquellas piedras, que no se detuvieron, algo que también podría haber ocurrido, dadas las posibilidades de error o malentendido.

SEGUNDA PARTE

CAPÍTULO SEIS

Había brotes de violencia en la ciudad, una reyerta por aquí, un tiroteo por allá, y el alcalde llamaba una y otra vez a la calma, pero por las calles habían empezado a aparecer militantes, militantes de piel pálida, algunos vestidos prácticamente como soldados con uniformes de combate, o casi como soldados, con pantalones militares y cazadoras de paisano, otros vestidos de cazadores, con colores selváticos, o vaqueros y chalecos con municiones, pero eso sí, todos, independientemente de su atuendo, visiblemente armados, y en cuanto a la policía, no hacía ningún esfuerzo real por detenerlos.

Si en alguna ocasión se cruzaba con ellos, los militantes no se enfrentaban a Oona. No la molestaban, no más de lo que un grupo de hombres molesta habitualmente a una mujer que sale sola, tal vez incluso menos, seguramente porque era blanca, o porque pensaban que les apoyaba, o porque no llevaba ninguna señal o insignia de rechazo y mantenía la boca cerrada, pero ella se había quedado hasta muy tarde en demasiadas fiestas en el instituto y la universidad, y conocía bien la sensación que le producían los militantes, esa sensación de que ellos iban en grupo y ella sola y de que su situación podía cambiar en solo un segundo; por eso ya no iba en bicicleta, sino en coche, y tenía miedo.

Su madre, sin embargo, parecía muy contenta, eufórica, como si le hubieran aumentado la medicación para el estado de ánimo y su cuerpo no hubiera tenido tiempo de regular la respuesta. Oona no la había visto así desde la muerte de su hermano, tal vez desde la muerte del padre de Oona; era como si todo estuviera bien en el mundo, y el planeta se dirigiera en la dirección correcta, como si los males se corrigieran, y el futuro fuera prometedor, y hubiera de nuevo motivos para el optimismo, motivos para el optimismo al fin.

Oona recordaba haber consumido cristal con su hermano unos meses después del funeral de su padre, cuando estaban en el instituto. Ya habían probado antes el cristal, y su hermano no se había portado tan mal aquella vez, era simplemente uno de esos chicos a los que les gustaba probar sustancias y aún no había encontrado las que lo engancharan, y Oona pensó en ese momento que tal vez había pasado demasiado poco tiempo desde la muerte de su padre como para consumir cristal, y lo cierto es que así fue, se sintió desdichada, pero su hermano no, se le veía alegre, alegre pero frágil, su alegría era a la vez poderosa y forzada, como lo era ahora la de la madre de Oona, y era posible que la fragilidad de su hermano de aquel día tuviera que ver con el bajón de su hermana melliza, con el hecho de tener que ocuparse de ella, pero Oona pensaba que no, que su hermano le había parecido frágil porque no podía engañarse del todo, porque estaba a punto de romperse, porque ya se había roto, y una alegría así, cuando uno se ha roto, ese tipo de alegría súbita y desquiciada, inmerecida, no es más que una máscara.

De modo que a Oona le preocupaba su madre, que ahora parecía desconcertantemente despreocupada, o en todo caso menos de lo habitual, lo que en su madre era ciertamente extraño, y le preocupaba también ella misma, y su ciudad, y Anders. Anders le preocupaba más de lo que podría haber previsto, y redobló su compromiso con la práctica de la meditación, con resultados decididamente dispares, ya que la agitación de su mente era demasiado grande la mayoría de las veces.

Anders fue a ver a su padre en un día algo frío, por carreteras secundarias, moviéndose con vacilación, deteniéndose y observando en las intersecciones como un herbívoro agitado por el instinto de supervivencia, comprobando lo que había delante antes de moverse; llevaba guantes en las manos, una capucha en la cabeza y gafas de sol, un camuflaje ineficaz, aunque tal vez suficiente de lejos, y no era que le hubieran amenazado, porque no lo habían hecho, no todavía, sino que simplemente se sentía amenazado y por eso no corría riesgos, o al menos ninguno que pudiera evitar.

Su padre tardó en responder cuando Anders llamó a la puerta, y a Anders le sorprendió lo mucho que se había deteriorado en las semanas transcurridas desde que lo había visto por última vez; Anders entendió con certeza que el padre se estaba muriendo, que aquel hombre poderoso y delgado se estaba muriendo, que casi estaba a punto de morirse, y se alegró de llevar gafas de sol, para que su padre no viera cómo esa información penetraba en la mirada de Anders. Su padre estaba encorvado, solo un poco, él que siempre había estado tan erguido, encorvado como si la enfermedad le hubiera dado un puñetazo en el estómago esa mañana y no quisiera demostrar que el golpe le seguía doliendo, pero cuando algo tan recto e imponente se dobla, aunque sea solo un poco, resulta un tremendo espectáculo, y Anders lo contempló, y se estrecharon las manos con un apretón más firme que de costumbre, para compensar la debilidad. Al padre de Anders no le agradaba mirar a Anders, ver en lo que se había convertido su hijo, y tampoco le gustaba que no le gustara, de modo que se obligó a mirar a su hijo, a sostenerle la mano aún más tiempo, aquella piel marrón contra su piel pálida, y le dio una palmada en el hombro a Anders y le apretó allí, un gesto muy expresivo para el padre de Anders, e inclinó la cabeza en señal de bienvenida y acompañó a su oscurecido hijo al interior de la casa.

Adentro los muebles eran anticuados y no se correspondían con el padre de Anders, con lo que él habría comprado para sí mismo, y era que todos los había comprado la madre de Anders, y a Anders le recordaban a ella, aquellos pequeños volantes en las fundas de los sofás, los posavasos de encaje en las mesas auxiliares, y en el cuarto de estar las fotos eran todas de ellos, de los padres de Anders cuando eran jóvenes, de Anders de bebé y de niño, toda la familia junta, ninguna de antes de una década, fotos ya envejecidas por el paso del tiempo.

El padre de Anders oyó cómo su hijo le hablaba de su desazón, y observó cómo bebía una cerveza mientras él dejaba la suya apenas con un sorbo, su cerveza allí por mera costumbre y decoro, porque el padre de Anders ya no podía soportar beberla, y sacó el bote de metal donde guardaba el dinero en efectivo y, a pesar de las objeciones, le dio dinero a su hijo y buscó en los armarios y le ayudó a cargar algunos artículos esenciales en el coche, o se los dio, a fin de cuentas el muchacho iba a tener que hacer el trabajo porque el simple hecho de mantenerse en pie ya le resultaba demasiado difícil, y no le prestó atención al dolor, porque ahora ya era parte de él, algo constante, en absoluto menos soportable, pero tampoco evitable, y por eso lo soportaba como a un hermano molesto, y sacó un rifle y una caja de cartuchos, y se sobrepuso a la reticencia de su hijo, diciéndole que lo aceptara y aguardando después, y vio cómo su hijo hacía lo que tenía que hacer, que era dejar de fingir, y empezar a aceptar su situación, agarrar lo que su padre le tendía, aquello que obviamente era necesario, y el hijo se puso serio al sostener el peso del rifle y los cartuchos, lo que era lo correcto, porque seriedad era lo que requería la situación. Cuando regresó a su propia casa, Anders se preguntó si el rifle realmente le daría más seguridad, porque sentía que estaba solo y era mejor no enfrentarse a los problemas; imaginaba que, de alguna manera, era más probable que la gente viniera a por él si se enteraba de que estaba armado, y aunque no se enterara, aunque mucha gente estuviera armada, simplemente tenía la sensación de que era crucial que no se le viera como una amenaza, porque si se le veía como una amenaza, sobre todo siendo de color, se arriesgaba a que le mataran cualquier día.

Anders sabía también que no tardaría en perder a su padre, y esa pérdida inminente parecía ahora más concreta, más real, no como el aire, sino como una puerta o una pared, algo contra lo que se podía chocar, y evidentemente los niños saben que van a perder a sus padres, lo saben desde muy pronto, pero la mayoría son capaces de creer que ese presente concreto no se producirá nunca, que faltan años, y dentro de cada año hay meses, y de cada mes hay días, y de cada día hay horas, y de cada hora hay segundos, y así sucesivamente, extendiéndose hasta el infinito, y aunque Anders ya había perdido a su madre y había experimentado que el tiempo no es ilimitado, hasta hoy no había tenido aún ese momento con su padre, ese momento de comprensión de que el final estaba cerca, y ahora que lo había tenido, se había quedado pensativo, y la llegada de Oona a su casa, cuando lo hizo, más que un alivio, se convirtió en una posibilidad.

También Oona sintió algo diferente, no solo en Anders, pues vio que había algo diferente en él, sino en ella misma, en la forma en que se sentía atraída por él, no como un acallamiento de lo que no quería oír, no solo eso, ya no, sino como una oportunidad para hablar, más como un comienzo que como la gestión de un final, y tal vez el hecho de que Anders ya no se pareciera a Anders le permitía ver su relación con él de otra manera, o tal vez el hecho de que Anders siguiera siendo Anders independientemente de su aspecto le permitía ver al Anders que había en él con más claridad; fuera lo que fuere, se alegraba de estar allí con él, alegre y humana, su necesidad no era mecánica, no era un mecanismo, sino orgánica, y por tanto más compleja y también más fecunda.

Oona se sentó a su lado y hablaron y fumaron y se besaron, y el beso fue un beso de verdad, un beso de bienvenida, y cuando se acostaron fue como si fuera la primera vez que se acostaban, porque la primera vez que se habían acostado de verdad Oona no le había mirado, solo había mirado hacia dentro; la primera vez que se acostaron después de que Anders cambiara, no habían sido Anders y Oona los que se acostaron, habían sido otros, pero esta vez Anders veía a Oona y Oona veía a Anders, y el sexo era lento, sin urgencia, un sexo lánguido y desnudo, un sexo que sonrió una o dos veces, con sus necesidades completamente visibles, sus ceños fruncidos, sus expresiones de dolor, sus angustias instintivas no ocultas, y si en algún momento actuaron, su actuación fue un intento de naturalidad, y con ese intento se acercaron más de lo que nunca habían estado antes.

CAPÍTULO SIETE

En el trabajo, Anders ya no era el único que había cambiado, había otros, más allá de aquel primer otro que había venido una vez y luego había desaparecido, y un gimnasio que había sido casi un gimnasio de blancos, o prácticamente, ahora contaba ya no solo con la presencia de una persona de color, o de dos —es decir, Anders y, por las tardes, el chico de la limpieza—, sino a menudo tres, o incluso cuatro, y al principio Anders pensó que eso iba a mejorar las cosas, pero en realidad ocurrió lo contrario, el gimnasio se volvió un lugar cada vez más tenso, y aquellos hombres que se conocían desde hacía años empezaron a actuar como si no se conocieran, o peor aún, como si se detestaran o se guardaran rencor, y en el interior de la violencia de cada levantamiento de peso, en la lucha solitaria de cada hombre contra cientos de kilos a la espalda, o a los pies, o por encima del pecho, había aún más violencia y menos precaución, y las lesiones autoinducidas por exceso de cargas que ponían en peligro la salud empezaron a ser cada vez más comunes.

El chico de la limpieza tenía dos trabajos y llegaba un par de horas antes del cierre, hacía primero la entrada y luego las oficinas de la parte trasera, y se ponía luego con la zona principal del gimnasio media hora antes de cerrar, cuando ya estaba medio vacío, pero la gente que quedaba solía ser infatigable e irascible al acabar sus series, y Anders observó que el chico de la limpieza siempre daba un margen amplio a los puestos que aún estaban en uso, pasando la fregona alrededor de ellos, dejando aquellas islas secas, y manteniéndose en un segundo plano, lo que no le resultaba difícil, ya que era un tipo pequeño, y Anders se sorprendió pensando en un pájaro posado junto a unos leones, un buitre, o más que un buitre, un cuervo, un animal que pertenecía a otro elemento, al aire, pero que se alimentaba en el mismo lugar que los depredadores de tierra, excepto por que aquel pájaro no podía volar y en caso de que hubiera problemas nada garantizaba su seguridad, por lo que solo le quedaba tratar precariamente de pasar inadvertido.

La parte trasera del gimnasio, los vestuarios y las taquillas y las duchas, permanecían abiertos un poco más de tiempo, y una noche, cuando Anders se disponía a marcharse, dos hombres se enzarzaron en una discusión, y la siguieron fuera, y eran tipos mayores, pero también grandes, voluminosos, fuertes y sorprendentemente rápidos a pesar de sus barrigas, y empezaron a empujarse en el aparcamiento, y unas cuantas personas se reunieron a su alrededor, pero los que se congregaron no dijeron nada, eso fue lo que sorprendió a Anders, no les pidieron que se detuvieran, ni tampoco los animaron a pelear, simplemente se quedaron mudos, se limitaron a observarles, y enseguida los dos hombres se liaron a puñetazos, y fue algo feroz, y de entre los gruñidos y los forcejeos brotó el sonido de un puño impactando contra el costado de un rostro, el sólido crujido de un cráneo, el ruido sordo, levemente líquido del hueso al quebrarse, un sonido tan visceral y perturbador que hizo que Anders se apartara sin ver lo que ocurriría a continuación, si había ganado el de color o si había sido el blanco; Anders no quiso verlo, y aunque no lo vio, el sonido persistió, y siguió recordándolo incluso cuando se acostó esa noche, provocándole una mueca de dolor, o un estremecimiento, una respuesta física, y Anders tembló allí solo, como en eco.

La noche siguiente Oona acompañó a Anders en su cama y se quedó allí hasta la mañana, y por la mañana, cuando despertó, él seguía durmiendo, y había algo ridículo en su postura, una especie de desajuste entre su cuerpo derrengado y su rostro contraído, aquel semblante serio como si asistiera en sueños a una reunión de negocios, pero con las extremidades desparramadas y flojas como las de un niño, o un adolescente quizá, una de las pantorrillas sobre la rodilla, el dorso de una mano contra el vientre, los nudillos rozando el ombligo en el lugar en el que se le había subido la camiseta, con lo que ella podía ver su respiración, y seguirla a través de sus fosas nasales, hacia abajo, y llegar hasta allí, amortiguada, y luego hacia arriba de nuevo, y cuando finalmente abrió los ojos él atisbó una expresión en la de ella que no había visto antes, una ternura casi desconcertante, y eso le hizo ladear la cabeza y sonreír y esperar y darle un beso al final.

—¿Te asusta mucho morir? —le preguntó ella.

—Buenos días a ti también —respondió él.

Ella se rio y se acercó rodeándole con una pierna, y le dijo que pensaba mucho en la muerte, no necesariamente en la suya, solo en la de los demás, aunque también en la suya, y él asintió, y dijo que cuando su madre se estaba muriendo él había estado convencido de que no se iba a morir, convencido hasta que ya no estuvo tan convencido, y cuando finalmente supo que se estaba muriendo, que no estaba enferma sino que se estaba muriendo, se dio cuenta de lo mucho que ella quería vivir, hasta que el dolor le arrebató ese deseo, y entonces ella quiso irse, o tal vez no quiso irse pero lo necesitaba, necesitaba irse incluso más de lo que quería quedarse, y él no estaba preparado para eso, para que su madre necesitara irse, y fue algo terrible de ver.

Ella replicó que su padre se había ido sin avisar, que había sido un disparate, no había otra palabra para describirlo, que estaba allí y un segundo después se había ido, y eso le había hecho pensar que había una trampilla debajo de cada persona, una trampilla que podía abrirse en cualquier momento, como si camináramos sobre un puente de cuerdas y tablones que se balanceara en lo alto de un cañón y algunos de los tablones estuvieran podridos y se pudiera dar un paso normal para descubrir luego que se había pisado en la nada, sin oír siquiera el chasquido, y esa constatación debería hacernos tener más cuidado, pisar con más suavidad, pero a su hermano no le había pasado eso, su hermano había pisado los tablones cada vez con más fuerza, como si no le importara romperlos, como si una parte de él quisiera irse, tal vez como la madre de Anders había querido irse, pero sin el dolor, o no, no sin el dolor, sino más bien sin ese tipo de dolor, sin cáncer, solo con la angustia, porque el universo le había defraudado demostrándole que no era un universo digno de amor, que era un universo que nos traicionaba, a todos, y por eso él había decidido irse, o no lo había decidido, no había sido una decisión, sino una dirección, un cambio de rumbo, y ella lo había visto desde el principio, y había procurado no verlo, y había tratado también de hacer todo lo posible para traerlo de vuelta, pero él se había ido y no había habido quien lo detuviera, y finalmente hizo lo que hizo, y se fue cuando se fue, antes de tiempo, porque todos nos íbamos y él lo sabía más claramente que nadie, y no era lo bastante desalmado como para encontrar el sentido a intentar quedarse.

Hablaron y callaron y volvieron a hablar, y afuera estaba nublado y fue amaneciendo poco a poco, y Oona sintió un pinchazo de deseo en ella, y también en él, y apoyó la palma de la mano en su esternón, y se observaron mutuamente en aquella especie de penumbra mezclada con su capacidad de respuesta, una excitación ensombrecida por la penumbra, una sensación que no correspondía a un sentimiento, y solo después de un rato, cuando Anders dijo que tenía hambre, a Oona le pareció que ella también la tenía.

Anders preparó el desayuno y Oona se deleitó mirándole cocinar, aquella forma estudiada y programada que tenía de hacerlo, de sacar todos los huevos, la sal, la mantequilla, las verduras, como si siguiera una lista, un chequeo mental muy detallado, y notó que cuando ella le hablaba, él dejaba de hacer lo que estaba haciendo y la escuchaba, como si no pudiera hacer dos cosas al mismo tiempo, y tal vez era que no podía hacer dos cosas al mismo tiempo, tal vez su naturaleza era así porque cuando leía, lo hacía con gran concentración, y cuando cocinaba, lo hacía con gran concentración, y cuando hablaba, o besaba, o reía, parecía sumamente relajado, pero cuando trabajaba era como si requiriera un gran esfuerzo de su parte, y ella se preguntaba cómo funcionaba su mente y en qué consistía ser él, y casi esperaba que las tortillas tuvieran un sabor distinto, que supieran a su método, a su manera de proceder, que supieran a Anders de alguna manera, como su cuerpo sabía a Anders. Pero no fue así, eran simplemente tortillas, y estaban muy buenas.

Oona se encontraba en el trabajo la tarde en que empezaron los disturbios, y la clase estaba medio vacía, porque los disturbios eran previsibles, de hecho había rumores y hasta amenazas, por eso la gente permanecía en sus casas, pero algo puede ser previsible y sorprender a la vez cuando sucede, y se desató el pánico en el ambiente cuando Oona y sus colegas se apresuraron a cerrar el taller y salir, y ya en la calle pudieron oírlo a la distancia, el sonido de la anarquía o de la revolución, y Oona pudo sentirlo también, el olor a humo, y una mujer de color y un hombre blanco pasaron corriendo a su lado con sus dos hijos, probablemente no habían podido llegar a su coche, y Oona se preguntó si la mujer siempre había sido de color o si tal vez había cambiado; Oona no había visto a los niños con la suficiente claridad como para saber si se parecían a la mujer, si habrían podido proceder de ella tal y como era ahora, y todo eso ocurrió en un instante, y entonces Oona pensó en llamarlos, en decirles que tenía el coche allí mismo, y que ella, Oona, podía llevarlos, pero para entonces ya era demasiado tarde y habían doblado la esquina, y Oona dijo hey, lo dijo a pesar de todo, sin gritar, levantando una mano, una mano que ellos no vieron, y no podría haber explicado por qué lo hizo, si para ayudarlos o para convertirse en el tipo de persona que los habría ayudado, y uno de los colegas de Oona le dijo vamos, vamos, y la instó a moverse, y Oona subió a su coche y se fue.

Algunas personas parecían dirigirse hacia el centro de la ciudad, de donde venía la revuelta, y otras se alejaban, pero en ningún caso eran demasiadas, y se notaba un sentimiento cargado por todas partes, y Oona observó que nadie se detenía en las señales de stop ni en los semáforos, por lo que ella tampoco se detuvo, aunque sí aminoró la velocidad y miró a ambos lados. Esperaba oír las sirenas de los coches de policía y de los camiones de bomberos y de las ambulancias, pero no las oyó, y eso fue extraño; solo consiguió oír una sola sirena, solitaria, lejana, como si todos los demás vehículos con sirenas hubiesen ido en dirección contraria o se hubiesen quedado atrapados en sus accesos y aparcamientos, o se hubiesen incendiado, y desde el momento en que no oyó las sirenas, siguió esperándolas, siguió esperándolas todo el camino a casa, y el hecho de no oírlas lo empeoró todo de alguna manera, la hacía sentir como si aquello estuviera fuera del control de los seres humanos, de la sociedad, como si un maremoto fuera a arrasar la ciudad, a arrasar todos los barrios, sin que nadie pudiera hacer nada.

Su propia calle estaba en calma. Tranquila. Aparcó y entró, y durante uno o dos segundos fue como si todo fuera fruto de su imaginación, pero en ese intervalo sacó el teléfono y miró lo que mostraba, y era gente filmando lo que ocurría, y las imágenes parecían imágenes de otro mundo, o al menos de otro país, imágenes de incendios y apaleamientos y multitudes, ángulos nerviosos en manos excitadas o aterrorizadas, y los sonidos eran de gritos y rugidos y risas y aullidos, y era imposible encontrarle sentido, ni siquiera saber si eso estaba sucediendo aquí, en este momento, y había varias llamadas perdidas de Anders, le había llamado sin suerte desde el taller, y él le había devuelto la llamada en repetidas ocasiones, la última hacía unos minutos, y no sabía cómo no se había dado cuenta, tal vez tuviera el timbre en silencio o demasiado bajo, pero le llamó de nuevo y no sonó el timbre ni saltó el buzón, la línea estaba en silencio, buscando conexión, a pesar de que tenía conexión, la señal estaba completa, pero su teléfono requería alguna retroalimentación tecnológica, se encontraba atascado en algún limbo, insistiendo en una indicación que no llegaba, un permiso, una señal de lo que debía hacer a continuación, esperaba y esperaba aunque la espera ya había terminado.

CAPÍTULO OCHO

Llegó el primer día verdaderamente frío del año, y los árboles caducifolios ya estaban casi pelados, y aquella noche sin luna, a solas en casa, Anders creyó sentir cómo se despertaban los antiguos horrores, pudo sentir el salvajismo casi olvidado sobre el que se había fundado su ciudad, todo congregado en el exterior, golpeando en las ventanas con la brisa.

En cierto modo casi sentía envidia de los militantes, y se preguntó si, en caso de que lo hubieran aceptado, habría optado por ser uno de ellos, y una parte de él sospechaba que no era del todo improbable que hubiese ocurrido así; si hubiese seguido siendo blanco tal vez habría estado ahora ahí fuera, calentándose las manos con su pálido aliento, convencido de su rectitud, o al menos a salvo de la rectitud ajena, pero tal como estaba, no tenía elección, y estaba aquí, menos helado pero también con más miedo. *

El gimnasio había sufrido daños por los incendios, no graves, solo un poco, y al igual que la mayoría de los propietarios de los negocios, el jefe de Anders había decidido cerrar temporalmente, y Anders no estaba despedido, pero como tampoco tenía exactamente un empleo, no en el sentido de cobrar en ese momento, debía arreglárselas con sus ahorros y lo que le había dado su padre, y mientras contaba el dinero en efectivo y repasaba las provisiones para esa noche, pensó de pronto en el chico de la limpieza, en si debía llamarle para ver si estaba a salvo o si eso era una locura, tampoco le iba a invitar a su casa, pero Anders no tenía su número, y en cualquier caso se dio cuenta, sorprendido, de que ni siquiera sabía su apellido.

Oona le envió un mensaje y hablaron hasta muy tarde, y después de eso Anders se conectó a internet. Al parecer en la ciudad la gente seguía cambiando, los blancos se convertían en personas de color, y aunque los disturbios amainaban los militantes eran cada vez más agresivos, y los cadáveres aparecían por ahí, los comentaristas no se ponían de acuerdo y discutían sobre el recuento exacto, no se sabía si eran dos esta vez, o tres o seis, pero nadie decía que no hubiera ninguno, y la gente los enterraba, y se rumoreaba que los cadáveres eran de color, pero no exclusivamente de color, y entre los de color había algunos que no siempre lo habían sido.

Anders ya no se alejaba de su rifle. No se arriesgaba a salir, dormía con él sobre el suelo junto a la cama, cocinaba con él apoyado en la pared, entre la nevera y el armario, y hasta durante una temporada se lo llevaba al baño, y cuando eso le pareció excesivo, se limitó a dejarlo sobre la mesita junto al sofá, donde podía verlo, de modo que incluso entonces, con la puerta del baño abierta, lo sentía allí.

El rifle, aunque estaba destinado a que se sintiera seguro, también le susurraba a Anders una pregunta callada e insistente, a saber, cuánto quería vivir, y no podía obviar aquella pregunta del rifle en las interminables tardes y las avanzadas noches en las que escuchaba el movimiento de los árboles, y sabía que sería sencillo acabar con su vida, que tal vez ese fuera su objetivo, su objetivo era acabar con él, acabar con todos ellos, todos nosotros, sí, nosotros, qué extraño verse obligado a usar un nosotros así, y Anders se preguntaba qué les estaría pasando a esas otras personas de color, cómo lo estarían sobrellevando, si se estarían suicidando a toda prisa con armas de fuego o lentamente con bebidas y pipas y pastillas, si es que aguantaban. Él no se consideraba un hombre particularmente violento ni capacitado para estos tiempos, su madre había muerto, su padre pronto lo haría también, y con ambos habrían desaparecido las dos personas a las que más podría traicionar al rendirse, por lo que si resistía no sería por ellos, no tenía por qué ser por ellos, sino por él mismo, y sin embargo cada día que pasaba se decidía a resistir, aburrido y tenso, es cierto, pero se decidía a resistir, y descubría también así lo mucho que deseaba quedarse, que el impulso de vivir era más fuerte en él de lo que habría imaginado nunca, que no disminuía pese a sus sombrías circunstancias ni al extraño revestimiento en el que estaba envuelto, y tal vez fuera terquedad, o egoísmo, o esperanza, o miedo, o tal vez fuera deseo, el deseo de seguir siendo Anders, o el de estar con Oona, sobre todo el de estar con Oona, pero fuera lo que fuere, estaba ahí, feroz, y por eso se abrigó bien, se alimentó, leyó e hizo ejercicio y esperó en el interior de aquella piel oscura durante aquellos días de soledad, esperó a lo que tuviera que venir.

❧

Tras los disturbios, Oona discutía a menudo con su madre, la regañaba, hablaba con ella, hasta le gritaba, pero no lograba convencerla, a lo sumo conseguía angustiarla, arrebatarle una parte de aquella felicidad a la que se aferraba su madre, y cuando se peleaban la madre de Oona se enfadaba, pero solo brevemente, y más habitualmente quedaba desestabilizada, y entonces Oona podía vislumbrar el pánico en sus ojos, un pánico profundo y resistente, como un océano, un pánico que Oona reconocía porque lo sentía también en ella misma; a Oona no le complacía descubrirlo en su madre, sino todo lo contrario, quería ocultarlo, retroceder frente a él, sobre todo por lo que revelaba de ella misma, y en muchos sentidos era intolerable que su madre creyera lo que creía y se comportara como se comportaba, pero en otros también era mejor, mucho mejor de lo que parecía ser la total desolación de su propia alternativa, que era deprimirse y no creer en nada.

La madre de Oona se resistía a aceptar que hubiera violencia o que se tratara de una violencia importante, y afirmaba que si había violencia era porque había agresores pagados en el otro bando, saboteadores que trataban de asesinar tanto a nuestros defensores como a los nuestros en general, y que a veces también mataban a los suyos para hacernos quedar mal y porque algunos de los suyos nos apoyaban, y los mataban por eso, y que la verdadera cuestión era la separación, no que fuéramos mejores que ellos, aunque éramos mejores que ellos, cómo negarlo, sino que precisábamos de espacios propios donde cuidar a los nuestros, porque nuestra gente estaba en apuros, muchos de nosotros lo estábamos, y también la gente de color podía tener sus propios espacios y hacer allí sus cosas de gente de color, o lo que fuera, nosotros no se lo impediríamos, pero lo que no íbamos a hacer era tomar parte en nuestra propia erradicación, eso tenía que acabarse y no había tiempo que perder, nos estaban transformando, rebajando, y eso era una señal, una señal de que si no actuábamos al instante ya no quedarían más instantes y desapareceríamos.

Oona no podía negar que su madre estaba mejor, que los cambios en la ciudad y en todo el país le sentaban bien de alguna manera, y tenía también la molesta sensación de que su madre tenía razón, no moralmente pero sí en una dimensión distinta, que su comprensión de la situación era más profunda que la de Oona, como si tuviera acceso a una verdad mística, una verdad mística terrible, una especie de encantamiento en el que Oona no creía y que, sin embargo, funcionaba igualmente, y era como si todos los fantasmas regresaran, fantasmas que llegaban a cada ciudad y a cada casa, fantasmas que visitaban a su madre y la compensaban por su pérdida, y también a otros por sus pérdidas, pero Oona no se sentía compensada, se sentía más despojada aún.

Después de aquellas conversaciones, Oona echaba mucho de menos a su padre, su padre, tan confiable, tan capaz de hacer entrar en razón a cualquiera, y estaba segura de que su padre habría podido ayudar a su madre en este momento, o más bien que si él hubiese seguido allí, su madre no estaría ahora donde estaba, ninguno de ellos estaría ahora donde estaba, pero al pensar en su padre se preguntaba si, de un modo total y rotundo, él se habría opuesto a lo que decía su madre; no era un mal hombre, en absoluto, pero tampoco era un santo y tenía ciertas pulsiones relacionadas con el color de la piel de las personas, ciertas pulsiones que para ser justos eran comunes, sobre todo en su juventud, y la vida nunca lo había llevado a ningún extremo, lo había manejado bien, pero quién podría decir si no lo habría hecho ahora, y mientras reflexionaba sobre aquello, su capacidad de visualizarlo, de recordar quién era, se debilitó un poco, y sin embargo lo extrañaba, a su padre, y echó de menos a su hermano, que había sido el favorito de su padre, y que lo había echado tanto de menos, su hermano que había creído que su padre era capaz de caminar sobre las aguas, su hermano que le habría dicho en ese momento que todo iba a salir bien, que siempre decía eso y siempre se equivocaba, y que seguía diciéndolo, lo creyera o no, falso, entrañable y desgarrador, y quizá su hermano había hecho bien en irse, en empezar a irse en cuanto se fue su padre, tal vez ambos habían hecho bien, los dos hombres de la familia, tal vez habían visto lo que se les venía encima, y no habían querido formar parte de ello y Oona no podía culparles por haberlo hecho, no debía, pero lo hacía, y no había escapatoria, todo dependía de ella.

Anders había escuchado que los militantes habían empezado a expulsar a la gente, a la gente de color, a echarla de la ciudad, y cuando vio que los coches se acercaban a su casa supo lo que significaba eso, aunque siempre resulta una sorpresa cuando sucede realmente lo que uno espera, lo que uno teme, una calamidad de esa magnitud, de modo que Anders estaba preparado y no estaba preparado, pero preparado como estaba, no esperaba que uno de los tres hombres que vinieran a por él fuese alguien a quien conocía, eso lo hizo mucho peor, más íntimo, como si le silenciaran al estrangularle, y Anders no se detuvo a esperar a que llegasen a su puerta, la abrió él mismo, y se quedó de pie en el umbral, con el rifle en las manos, preparado, con el cañón en alto, el hijo como un reflejo de su padre en una cacería. Anders confiaba en que parecería más valiente de lo que se sentía, y los tres estaban armados, pero se detuvieron al verle, a unos pasos, y le miraron con desprecio y fascinación, y Anders pensó que el conocido le miraba también con entusiasmo, como si aquello fuera especial para él, algo personal, y Anders pudo percibir lo justicieros que eran, lo seguros que estaban de que él, Anders, estaba equivocado, que él era allí el villano, el que trataba de robarles a ellos, a quienes ya les habían robado todo y no les quedaba nada, solo su blancura, su valor, y no iban a dejar que se llevara eso, ni a él ni a nadie.

Pero no les hizo mucha gracia que tuviera un arma y que pareciera haber tomado parte de la iniciativa, al fin y al cabo ese papel era el de ellos y no lo esperaban de él, y eso oscurecía la simplicidad de la situación, de modo que se detuvieron, y le encararon, su conocido, los dos extraños, y Anders dijo hola chicos, qué puedo hacer por vosotros.

Hablaron y Anders escuchó y los hombres dijeron que más le valía no estar allí cuando volviesen, y Anders dijo que ya vería, y mientras Anders lo decía casi se creyó por un momento que se iba a quedar, tenía la voz cargada de ira, una ira de la que se alegraba, a pesar de las sonrisas despectivas, pero cuando regresaron a sus coches y Anders sintió la magnitud de su alivio, un alivio que le inundó y le impregnó de derrota, supo que se iría, que, a los pocos minutos estaría huyendo, y que perdería esta casa, tan familiar para él hasta entonces, que esta casa dejaría de ser suya.

CAPÍTULO NUEVE

Cuando Anders llegó a la casa de su padre, lo acompañó al interior y corrió las andrajosas cortinas, y a continuación aparcó el coche de su hijo, el mismo coche que había sido de su mujer, detrás de la casa, en el estrecho margen de terreno al que su mujer solía llamar jardín y en el que antaño habían crecido flores y tomates y guisantes y tomillo, pero que ahora era solo una franja de terreno repleta de malas hierbas, unas malas hierbas mortecinas a causa del comienzo del invierno, y el padre de Anders comprobó que el coche no era visible desde la calle, moviéndose débilmente y con rigidez, pero también con un propósito, y después de aquello, agotado hasta lo indecible, se sentó junto a su hijo en el cuarto de estar con la televisión encendida y los rifles a ambos lados, y esperaron allí a que alguien apareciera y exigiera la entrega de Anders, pero nadie lo hizo, nadie vino, no al menos aquella primera noche.

El padre de Anders aún no se había acostumbrado a Anders, a su aspecto, como tampoco se había acostumbrado a él antes de aquello, ni siquiera cuando Anders era un niño, un niño callado, esforzándose siempre por atarse los cordones o escribir con letra legible, y es que el padre de Anders, sin llegar a ser particularmente buen estudiante, siempre había sido alguien capaz, capaz en las tareas que se le encomendaban, y no solo en la escuela, también fuera de ella, pero su hijo, su hijo era distinto, una diferencia que la madre del niño asumió con naturalidad, lo que hizo que el niño se convirtiera en su niño alzando un muro entre ellos, entre él y su hijo, y el padre de Anders era capaz de entender a los matones que se habían burlado de su hijo cuando era pequeño y también a los que ahora querían que se fuera de la ciudad, a los que le temían o se sentían amenazados por él, por el hombre de color en que se había convertido su hijo, tenían derecho a hacerlo, él se habría sentido igual en su lugar, no le gustaba más que a ellos, y podía advertir también el final al que apuntaba su hijo, cómo acabaría todo, no estaba ciego, pero no se llevarían a su hijo, no tan fácilmente, no de su lado, él era el padre del niño; fuera lo que fuere Anders, fuera cual fuere el color de su piel, seguía siendo el hijo de su padre y el hijo de su madre, y él era lo primero, antes incluso que cualquier otra lealtad, él era lo que único que verdaderamente importaba, y el padre de Anders estaba dispuesto a hacer lo correcto por su hijo, era un deber que para él significaba más que la vida, y deseaba haber estado más lleno de vida, pero haría lo que pudiera con la poca vida que le quedaba.

Por la mañana se fue la luz y la casa quedó lúgubre con las cortinas corridas y sin mayor iluminación, pero aun así había suficiente como para ver, y el padre de Anders pensó que era mejor que guardaran las velas para la noche, y se las apañaron así, en penumbra, con Anders hablando con Oona por teléfono, enterándose de que también allí se había ido la luz, los dos hablaron hasta que se dieron cuenta de que no tenían forma de recargar sus aparatos, que ya habían usado gran parte de lo que tenían y habían agotado sus respectivos porcentajes y debían parar inmediatamente, y poco después de colgar Anders descubrió que ya no tenía señal, y su padre tampoco, y Anders se preguntó si habrían cortado el servicio a propósito o si las baterías de reserva de las torres de telefonía móvil se habrían agotado.

Anders estaba solo, tumbado en su vieja cama de la infancia, más solo aún sin el acceso a internet, o si no más solo literalmente, más solo en cuanto a su sensación, y sí, todo lo que se decía en internet era deprimente, no solo en la ciudad sino en todo el país, pero al menos era algo, y ahora le habían quitado eso también, y el tiempo mismo se ralentizó, desenrollándose, como si los minutos estuvieran exhaustos y llegaran a su final, y entonces, sobre la medianoche, la electricidad volvió sin previo aviso y su teléfono captó una señal y el tiempo volvió a retroceder y siguió transcurriendo.

Pasaron los días, y aunque cierta noche oyeron el estruendo de los disparos, nadie se enfrentó a ellos, y

Anders debería haberse sentido aliviado por haber escapado de los militantes, al menos de momento, pero si lo estaba, era un alivio tenso, porque al vivir de nuevo junto a su padre, le sorprendió descubrir el grado de dolor físico que este soportaba, un dolor que su padre podía ocultar durante uno o dos minutos, pero no durante toda una noche, no durante horas seguidas, y Anders podía verlo en el rostro de su padre, y en sus movimientos, y aunque su padre trataba de evitarlo, y se retiraba con frecuencia a su habitación, Anders oía sus gruñidos ahogados y sus juramentos en voz baja, la batalla que se libraba en su interior, una batalla que su padre estaba perdiendo, y eso hacía que Anders se sintiera culpable por no haber sido mejor hijo, por haber dejado a su padre tan solo, aunque supiera que su padre no le habría permitido hacer otra cosa, que solo por estar allí, Anders le estaba quitando algo a su padre, su dignidad, y obligándole a que alguien le viera como jamás habría querido ni deseado que le viera nadie.

❧

En la ciudad seguían produciéndose estallidos de violencia esporádicos, pero la gente no dejaba de cambiar, sucedía cada vez más y más, no importaba lo que hicieran, y Oona pudo percibir el esfuerzo que empezaba a precisar su madre para mantener el optimismo, la insistencia en que todo se solucionaría, en que ellos, el bando de su madre, estaban ganando, y a medida que la duda brotó en su madre, algo más brotó en Oona, no exactamente la esperanza, sino más bien algo inferior a la esperanza, algo previo a la esperanza, a saber, una posibilidad, una posibilidad de qué, no lo sabía, pero una posibilidad que no era un entumecimiento, que atravesaba el entumecimiento y apuntaba hacia la vida.

Oona se conectó de nuevo a sus redes sociales, que habitualmente mantenía cerradas, e ignoró el bullicio, y en vez de eso retrocedió en el tiempo, hasta el verano pasado, y luego hasta el verano anterior a ese, un verano menos doloroso, y luego a veranos incluso aún más lejanos, y seleccionó fotos en las que estaba más morena, más morena y a menudo con el pelo alborotado por el agua en piscinas, lagos o la playa, un pelo con más volumen y más salvaje, y empezó a jugar con esas fotos, a oscurecerlas aún más, aunque solo conseguía oscurecerlo todo y lo que quería ella era oscurecerse solo a sí misma, de modo que buscó en internet cómo hacerlo, e introdujo sus imágenes en el algoritmo, y fue testigo de cómo se trasformaba; no solo podía alterar el color de su piel, sino todo lo que le diera la gana, y a veces el resultado era extraño y otras llamativo, hasta bonito, le gustaba que fuera ella y a la vez no fuera ella en absoluto, que fuera una ella menos reciente, una ella menos destruida, llena de potencial, una ella futura nacida de una ella pasada, que pasaba por alto el lugar en el que se encontraba ahora, que no se enredaba en él, que era libre, y eso le dio a

Oona una idea, una idea que no podía sacarse de la cabeza, que no quería sacarse de la cabeza, una idea que le llevó a hacer un pedido, intrigada en lo que ocurriría a continuación.

Oona y su madre evitaban las salidas a no ser que fueran absolutamente necesarias porque las calles no eran seguras, ni siquiera en su parte de la ciudad, ni siquiera para quienes tenían un aspecto como el suyo, cualquiera podía verse envuelto en una situación complicada, algunos de los actos de violencia eran simplemente robos, o represalias, o algo aleatorio, y tanto Oona como su madre conocían de primera mano a personas que se habían visto afectadas, historias que no podían obviarse, y por eso se quedaban en casa.

Pero los repartos a domicilio continuaban, y se podía pedir una pizza, alcohol, medicamentos, drogas, cualquier cosa imaginable, y recibirla allí mismo, en la puerta de casa, tal vez no en minutos, pero sí en horas, y cuando llegaba el reparto, los repartidores actuaban de dos en dos, uno se quedaba en el coche, vigilando, y el otro bajaba y llamaba al timbre, armado, con una pistola en el cinto, la gorra calada, el pelo claro asomando por debajo. Oona le hizo una seña desde la ventana de la escalera superior y le dejó ver el color de su cara, dejó una propina en un sobre y le pidió que dejara la bolsa donde estaba. El repartidor echó un vistazo a la casa y no respondió inmediatamente, y Oona volvió a meterse como si todo estuviera acordado y hecho, pero el coche no se movió durante un minuto, un largo minuto, y después arrancó, y Oona esperó hasta que se fue, y recogió su pedido, salió y volvió a entrar rápido, con dos vueltas de llave, y regresó a su habitación, y todo estaba allí, todo lo que había encargado.

Oona se aplicó el maquillaje con cuidado, pintándose lentamente, quitándoselo y poniéndoselo de nuevo cuando cometía un error, y sintió cómo el líquido de los tubos se extendía por su cara casi hasta secarse, hasta ser prácticamente sólido, y el polvo de los pinceles se extendía a la inversa, hasta ser prácticamente líquido, y observó su obra con enorme concentración, aquello que antes podría haberle avergonzado, lo que le habría mortificado que la vieran hacer, ahora le parecía esencial sacarlo a la luz, y la mujer de color que surgió, aquella mujer oscura y elegante, no había otra palabra para describirla, elegante, esa mujer era absurda, una afrenta pero también excitante, y Oona no había tenido ninguna intención de perpetuar esa cara, esa cara que había creado; solo había querido verla, escalar la pared del cañón, no tenía intención de acomodarse allí en el borde, pero no pudo resistirse a llevarla durante un rato, a llevarla abajo a cenar.

La madre de Oona se sobresaltó al principio y a continuación le respondió con sequedad debería darte vergüenza, y cuando Oona respondió me da vergüenza, su madre dijo oh, no, no te da, pero debería darte, y Oona replicó me da vergüenza, en serio, y después de aquello no volvieron a hablar, comieron en silencio, y Oona se dio cuenta de repente, a medida que el silencio se iba haciendo mayor, de que había pensado que podría disfrutar de aquello, que había pensado que lograría una victoria de algún tipo, pero no la disfrutó, por supuesto que no la disfrutó, allí no había para ella ninguna victoria, solo había derrota, derrota para las dos, ninguna podía ganar, o al menos ella, Oona, no podía ganar, porque en su ganar había un perder que hacía imposible ganar, y a continuación subió a su cuarto, y trató de encontrar de nuevo lo que le había excitado en esa cara de su creación, en aquella cara que había creado sobre la cara que había creado su madre, su madre y su padre, pero no lo pudo encontrar, y la limpieza fue lenta y desordenada, más desordenada de lo que tenía por costumbre, porque nunca había sido una persona que usara demasiado maquillaje, no era ninguna experta, y el residuo marrón que se desprendió de su piel y fue a parar a la basura y fluyó por el fregadero le pareció la muerte de un río, como la esterilización de un río en un laboratorio.

CAPÍTULO DIEZ

En internet cada cual podía formarse su propia opinión sobre lo que estaba ocurriendo, una opinión que, con toda probabilidad, sería totalmente distinta a la de la persona que estaba al lado, y no habría forma de determinar cuál de los dos tenía razón, porque la frontera entre lo que ocurría en la mente de cada uno y lo que ocurría en el mundo exterior era borrosa, tan borrosa que apenas existía.

Para Anders las imágenes que más se le quedaron grabadas fueron las de dos hombres en la ciudad, dos hombres de color; no estaban lejos de la casa de Anders, el lugar del que había huido, y parecían conocerse, pero era difícil de decir, porque al principio se acercaban como si se conocieran, pero cuando se acercaban más daba la sensación de que no, y sus palabras eran inaudibles, los únicos sonidos que se oían eran los del hombre que los grababa desde el interior de su casa, el que los grababa afuera, en la calle, a cierta distancia, sus razones para hacerlo así no quedaban claras, y entonces, sin previo aviso, uno de los dos hombres de color se agachaba, se agachaba como un boxeador que esquiva un golpe, pero sin esa gracia, ese control, con cierta torpeza, y mientras caía, el otro sacaba una pistola, y cuando volvía a levantarse le disparaba con naturalidad en la cabeza, con naturalidad, y el otro se agachaba de nuevo, pero esa vez no se agachaba, más bien caía, y las palabras del vídeo, mierda, mierda, dichas casi con excitación, daban a entender que aquello resultaba en parte entretenido, y entonces el tirador se alejaba y el otro se quedaba allí tendido y no se movía, y el vídeo seguía durante un buen minuto más, y no se movía, o si se movía, no lo hacía lo bastante como para resultar visible, y Anders no podía dejar de preguntarse si conocía a uno de los dos, no era que le resultaran reconocibles, no lo eran, no para Anders, pero uno o los dos podrían haber cambiado, y había algo en ellos que le resultaba familiar, la forma en que estaban de pie, tal vez, o quizás uno de ellos se parecía a Anders en ese momento, podría haber sido un hermano de Anders, del Anders de ahora, y Anders nunca había tenido un hermano, por eso era una sensación extraña, la sensación de que el tirador estaba relacionado con él, aunque de qué manera lo estaba, no lo podría asegurar.

Había habido otros asesinatos en la ciudad captados por las cámaras, pero aquel cautivó la imaginación colectiva, la gente lo comentaba, el mismo asesinato se convirtió en el foco de debate en internet, un debate sobre su significado, sobre lo que había sucedido allí, lo que significaba, y Anders no tenía ni idea de lo que significaba, pero le parecía que significaba algo, y lo vio una y otra vez, y no salió de la casa de su padre, ni siquiera un instante.

Oona vio el mismo vídeo cuando se publicó, un par de semanas antes, pero enseguida desapareció de su imaginación; en vez de eso empezó a percibir las formas en que la vida en la ciudad volvía a la normalidad, o si no volvía a la normalidad, al menos dejaba de ser cada vez más anormal, con cada vez más personas que cambiaban, tantas que casi era de esperar que lo siguieran haciendo, era algo habitual, le parecía que la mitad de sus contactos en internet ya había cambiado, y que había menos violencia en las calles, menos denuncias de violencia. Una o dos personas que conocía, las más atrevidas entre sus allegados, habían empezado a salir de nuevo, daban paseos en coche para ver cómo estaba todo, al menos durante el día, hacían vídeos desde detrás de sus volantes o en sus asientos de copiloto, y Oona, al verlos, y al ver todo aquello, empezó a sentir el deseo de salir ella misma, no todavía, quizá no todavía, pero si las cosas seguían así, seguramente muy pronto.

❧ ❧ ❧

Aunque a esas alturas varios de ellos seguramente también habrían cambiado de color, Anders seguía preguntándose si podía confiar en los vecinos, y no es que fueran desconocidos para él, la mayoría habían sido vecinos de toda la vida, pero tal vez él era nuevo para ellos, de color, como era ahora, tal vez no era un Anders al que guardaran lealtad, al que consideraran, por eso le tenía inquieto que su coche siguiera aparcado tras la casa, donde los vecinos podían verlo, aunque un coche viejo no era una prueba concluyente, no al menos de su persona, desde luego no si no se tenía ninguna otra razón para sospechar, y además le habría dejado todavía más inquieto tenerlo aparcado en cualquier otro lugar, aquello le ofrecía, en definitiva, una especie de libertad, una opción de huida, y Anders le había preguntado a su padre cuando llegó qué pensaba sobre el coche, si tal vez los vecinos podrían verlo y delatarle, pero su padre se había negado a responder, o tal vez le había respondido, ahora que lo pensaba, porque poco más tarde le había dicho que era mejor evitar las ventanas, y probablemente eso había sido lo que opinaba al respecto, y Anders, en fin, Anders no había insistido más.

Estar encerrado en casa pasaba factura, y aunque hacía frío fuera, algunos días también brillaba el sol, un sol limpio y brillante de invierno, de esos que te dejaban ciego si no se tiene nada para protegerse, y había nieve en el suelo, y con las cortinas corridas Anders solo lograba ver retazos, fragmentos de luz y perspectivas verticales del mundo que quedaba más allá, arriba y abajo, perspectivas con forma de barrotes de una celda, y se sentía prisionero, doblemente, triplemente prisionero, en su piel, en esta casa, en su ciudad.

Le dijo a Oona que no fuera, pero al final ella fue de todos modos, asegurando que las cosas estaban mejor, que la gente ya se estaba adaptando y los militantes que quedaban no la molestarían, aunque de eso último no estaba tan segura, y Anders sintió algo más que alivio cuando Oona lo visitó, alivio era una palabra demasiado suave, y el padre de Anders se retiró en cuanto llegó ella, saludó a Oona y habló con ella un minuto y luego se retiró a su cuarto, y también Oona sintió alivio al llegar por fin, y también algo pueril en la situación, como si volvieran a ser niños en el colegio, y a esas alturas Anders ya no tenía hierba, aunque en cualquier caso nunca fumaba cuando estaba cerca su padre, su padre siempre contrario a la hierba, aunque no tenía ningún problema con el tabaco, un tabaco que consumía en cantidades enormes, dejando un reguero de colillas pulcramente machacadas en todos los ceniceros, el olor impregnando en todas las prendas de la casa, y Oona aún conservaba una provisión de hierba, una de sus fuentes había desaparecido pero tenía otra, y habría traído un poco si Anders no se lo hubiera prohibido, ya que salir a fumar a escondidas, como había hecho durante toda su adolescencia, era demasiado arriesgado como para ser una opción, y sin hierba hablaron y escucharon música y se sentaron en el sofá, y la primera vez que se besaron en la casa, el padre de Anders, que se dirigía a la cocina, los vislumbró e inmediatamente apartó la mirada, y Oona pensó que estaba siendo considerado, pero Anders vio algo más, percibió la incomodidad en el gesto de su padre, la incomodidad de ver a esa chica blanca besar a ese hombre de color, aunque el hombre de color no fuera un hombre de color, aunque el hombre de color fuera Anders, y Anders se dijo a sí mismo que estaba equivocado, se dijo a sí mismo que estaba equivocado cuando sabía que no estaba equivocado, y su padre no era una persona discreta, pero hizo todo lo posible para no mostrarlo, para no revelar a su hijo que Anders era algo distinto de Anders, menos que Anders, y para Anders su padre haciendo lo que podía era cuanto podía esperar, y por supuesto tenía que conformarse con eso.

La madre de Oona no podía evitar fijarse en los rostros de color de su calle, parecían ser más cada día, tal vez no deambulaban por ahí, no eran tan atrevidos, no todavía, pero sí jugaban fugazmente en los jardines de sus casas cuando el césped quedaba cubierto de nieve y salían a primera hora de la mañana a limpiar sus pasos; uno de ellos incluso saludó a la madre de Oona cuando ella le miró, como si todo fuera perfectamente natural y nada hubiera cambiado, pero no era natural, y todo había cambiado, aunque nadie pareciera ser capaz de verlo más que ella.

El canal de televisión que solía ver había dejado de emitirse, pero ahora había vuelto, y había presentadores de color mezclados con los blancos, y estaban incómodos entre ellos, incómodos y antinaturales, y bromeaban incluso cuando hablaban de situaciones desoladoras, y uno de sus famosos favoritos había cambiado de color, y también de cerebro, y lo que decía ahora no tenía sentido, era como si fuera un impostor, un fraude, y la madre de Oona ya no podía soportar escucharlo.

En internet el debate había pasado a ser ahora la búsqueda de una cura, y a pesar de que algunos trataban de refugiarse, de encontrar lugares no infectados, convencidos de que la desgracia era contagiosa, y hablaban de islas y colinas y bosques lejanos, la madre de Oona no podía desplazarse, ni tampoco la mayoría de la gente, el murmullo general era que se estaba avanzando en el descubrimiento de una solución para deshacer el horror, pero por cada noticia que aparecía sobre una droga milagrosa o un brebaje capaz de devolver la blancura, había tres o cuatro de personas que habían enfermado gravemente por consumirla, o que incluso habían muerto, y la madre de Oona había empezado a perder la esperanza.

Una noche se produjo una gran explosión en la ciudad y la onda expansiva traspasó su casa, haciendo sonar las ventanas, o más que haciéndolas sonar, casi poniéndolas a prueba hasta el límite, y atravesándola también a ella, en sus órganos, y tras ese instante de miedo, la madre de Oona sintió una pequeña excitación, sintió que algo estaba sucediendo, algo grande, que tal vez la situación estaba revirtiendo, que quizás habían llegado por fin los verdaderos héroes, pero entonces Oona entró en su habitación y dijo: vaya, ¿has oído eso?, y la madre de Oona dijo: sí, lo he oído, y Oona dijo: es una señora tormenta, y levantó las persianas, y la madre de Oona vio los relámpagos y el aguanieve cayendo y los árboles desnudos, iluminados por los destellos, y oyó los truenos, ya no tan fuertes, y empezó a llorar.

Oona se metió en la cama con su madre, como no había hecho desde hacía mucho, o probablemente en toda su vida, y abrazó a su madre, y la acunó, como una niña pequeña que abraza a una madre adulta, tal era la diferencia de tamaño, aunque tampoco era exactamente eso sino más bien lo contrario, como una niña gigante que abraza a una madre diminuta, renaciendo a una vida diferente, un orden inverso, una vida en la que ya no servían las viejas leyes.

CAPÍTULO ONCE

El padre de Anders ya casi no salía de su habitación, y en ella había un olor, un olor que podía ver en el rostro de Anders cuando entraba su hijo, y que a veces hasta podía oler él mismo, lo cual resultaba extraño, como un pez que siente su propia humedad, y el olor que se podía oler era el olor de la muerte, que el padre de Anders sabía que estaba cerca, y eso lo asustaba, aunque tampoco le asustaba tantísimo, no, llevaba mucho tiempo conviviendo con el miedo y no había permitido que el miedo lo dominara, aún no, y quería seguir haciéndolo, continuar sin que el miedo se apoderara de él, y casi nunca tenía energía para pensar, pero cuando la tenía, pensaba en qué consistiría que una muerte fuera una buena muerte, y su sensación era que una buena muerte sería una que no asustara a su hijo, que el deber de un padre no era tanto evitar morir delante de su hijo, al fin y al cabo ningún padre podía controlar eso, pero si un padre no tenía más remedio que morir delante de su hijo, debía morir lo mejor posible, hacerlo de tal manera que le dejara algo, que le diera fuerza para vivir, para saber que llegaría un día en que también él mismo podría morir bien, igual que su padre, de modo que el padre de Anders se esforzó por hacer de su viaje final hacia la muerte una donación, una tutela paterna, y no iba a ser fácil, no era fácil, era casi imposible, pero eso fue lo que se propuso en su interior, y mientras la cabeza le respondió, eso fue lo que intentó hacer.

El dolor llegaba a extremos en los que a veces no quedaba nada, ciertos momentos en los que no había nadie allí, ni siquiera el padre de Anders, solo el dolor, pero luego el dolor retrocedía un poco y volvía a haber una persona, y cuando volvía a ser una persona, el padre de Anders podía mirar a su transformado hijo a los ojos y asentir con la cabeza, y dejar que el muchacho le tomara la mano, y escuchar las pocas y amables palabras que le decía, tan parecidas a las que había empleado su mujer, la madre del muchacho, y luego, cuando llegaba el momento, podía hacer un gesto con la cabeza hacia la puerta para que se alejara y el dolor pudiera apoderarse de él una vez más.

Tras semanas escondido, Anders finalmente se arriesgó a salir de casa de su padre, se arriesgó a buscar medicamentos para mitigar parte de la agonía de su padre, supo de la existencia de un empleado de un sanatorio conocido por sus trapicheos y le llamó, y el hombre que contestó le dijo que si quería hablar, tendría que ir en persona, y a Anders le pareció tan blanco que no se le ocurrió revelar su propio color, pero metió el rifle en el coche, se armó de valor y condujo hasta allí, y nadie lo molestó en la carretera, y el hombre que le había sonado blanco resultó ser de color, y Anders pensó que su aspecto no se correspondía con su voz, y entonces pensó que, quién sabe, tal vez el otro pensara lo mismo de él.

Anders le explicó su situación, y no quedó claro si el hombre le creía o no, pero le dijo lo que necesitaba, y Anders pagó en efectivo, y naturalmente no hubo ninguna receta y ni siquiera se pretendió fingir que la había, solo una bolsa de papel de estraza que, por alguna razón, le recordó a Anders cuando era niño y su padre lo llevaba al trabajo y se sentaban entre todos aquellos trabajadores fornidos de la obra, y los hombres respetaban a su padre, se notaba en cómo actuaban, y Anders se sentía orgulloso de estar allí sentado con ellos, un niño entre hombres, y abría la bolsa y almorzaba a su lado como un igual.

De vuelta a casa de su padre con los analgésicos, con las manos sobre el volante, Anders se dio cuenta de la cantidad de rostros de color que había, comprendió que ahora se trataba de una ciudad diferente, una ciudad en otro lugar, en otro país, con toda aquella gente de color, más gente de color que gente blanca, y eso inquietó a Anders, a pesar de que él también era de color, pero se calmó al observar que algunas de las tiendas habían reabierto y los semáforos funcionaban en su mayoría, e incluso se cruzó con una ambulancia que circulaba con normalidad, sin la sirena encendida, conduciendo de un lugar a otro en un día normal, sin prisa, qué locura, y cuando llegó a casa fue a ver a su padre y le dio la medicación, y a continuación fue de habitación en habitación y abrió las cortinas, abrió las cortinas de par en par.

Las noches seguían siendo más inquietantes que los días, y la primera vez en meses que Anders salió de noche, fue tarde, muy tarde, cuando Oona le llamó y le pidió que fuera a su casa, y él estuvo a punto de decir que viniera ella a la suya porque no le gustaba la idea de dejar solo a su padre, pero tampoco le gustaba que Oona condujera sola a esas horas, las cosas aún no estaban del todo tranquilas y seguía habiendo episodios aleatorios de violencia, y seguramente tendría que haberle respondido nos vemos mañana, pero había algo en su forma de hablar, algo que le invitó a hacerlo, algo abierto, y además cuando ella le dijo aquello se dio cuenta de lo desesperado que estaba él por salir, por verla en otro sitio, más aún, por ver su casa, que solo había visto una vez anteriormente, cuando eran niños y Anders había ido con otros chicos a juntarse con el hermano de Oona; uno de esos chicos, según supo Anders más tarde, era el novio del hermano de Oona en ese momento, y ahora Anders era el novio de Oona, poco más o menos, y quería estar en casa de Oona con Oona, y cuando ella le instó a que respondiera y dijo bueno, alargando la palabra bueno, como si hubiera un río en el medio, cuando dijo aquel bueno tan largo, Anders respondió que sí y fue para allá.

Aquella noche hacía un frío glacial y no había nubes, la luna ya había desaparecido, había sido una luna más afilada que una astilla cuando estaba allí, el corte más fino en la tinta del cielo, y aquella luna afilada había emitido poca luz, y ahora ya estaba en otra parte, por debajo del horizonte, y la noche era oscura, de una oscuridad profunda y estable, y muchas de las farolas estaban apagadas, y Anders sintió algo distinto de lo que sentía cuando conducía de día, sintió como si algo estuviera irresuelto, la amenaza no había desaparecido del todo, sintió como si la ciudad tuviera una cuenta pendiente y las cosas no concluyeran hasta que se hubiese realizado ese ajuste, y entonces Anders se dijo a sí mismo que ya estaba bien, que dejara de agitarse, se dijo a sí mismo que lo mejor era relajarse, o no tanto relajarse como estar tranquilo, mantener la cordura y concentrarse en el camino, y avanzó y no pasó nada, y al cabo de un rato ya estaba allí.

Oona salió a recibirlo y le habló en susurros, de modo que él también contestó en susurros, y ella le dijo que su madre estaba dormida y luego le besó, un buen beso intenso con toda la energía de su cuerpo, y entraron en silencio y ella lo llevó a la planta de arriba, señalando uno de los escalones y negando con la cabeza para que no pisara en él, y entonces llegaron a la habitación de ella, y él oyó un resoplido, pero ella sonrió para darle a entender que no se preocupara y susurró así duerme ella, refiriéndose a su madre, y Oona cerró la puerta, y había algo en el hecho de estar en su habitación de niña, una habitación en parte todavía infantil, con su madre tan cerca, que excitaba a Oona, y a Anders, o quizás el vago temor del viaje en coche, lo cierto es que estaban excitados los dos y Anders la desnudó y ella lo desnudó a él y tuvieron sexo en su pequeña cama y no fueron conscientes de mucho más hasta que terminaron.

Pero cuando terminaron, Oona miró a la puerta y su expresión cambió por completo y Anders miró hacia la puerta y la puerta estaba abierta y en el umbral se encontraba la madre de Oona y Anders la reconoció, aunque ella no reconoció a Anders, y por un segundo Anders pensó que iba a gritar, pero no gritó, en vez de eso echó a correr, o si no corrió, al menos se lanzó hacia el pasillo, en dirección al baño, y antes de llegar se le revolvió el estómago y no fue capaz de controlarse, se derrumbó allí y vomitó sobre la alfombra, jadeando y jadeando, con los ojos y la nariz mojados, hasta que su estómago se vació por completo. Oona estaba de pie a su lado, envuelta en un albornoz, furiosa y tranquilizadora, de alguna manera ambas cosas a la vez, pero más furiosa que tranquilizadora, y no se agachó para ayudar a su madre, sino que simplemente se quedó allí, y el hombre de color que era Anders ya había salido rumbo a su coche, y el sonido que hizo al arrancar llegó desde la calle, y entonces Anders, con el olor de Oona todavía en sus manos, empezó a irse, se fue.

Cuando Oona se transformó no hubo dolor pero sí sorpresa, aunque Oona ya sabía que iba a ocurrir y estaba algo perpleja de que se retrasara tanto, de modo que se quedó allí tumbada en su cama asimilándolo todo con el corazón latiendo deprisa pero sin pánico, mirándose el brazo, tocándose la piel, palpándose la tripa y las piernas, y luego empleó su cuerpo para levantarse, y su cuerpo funcionó como de costumbre, no tuvo ninguna sensación de perder el equilibrio ni de que sus proporciones fueran distintas, aunque se sentía en cierto modo más ligera, más oscura, sí, pero también más ligera, menos pesada, y no por ser más delgada, el peso no provenía de su carne sino de otra cosa, otro lugar, un peso que provenía del exterior, de encima de ella quizá, un peso que había soportado durante mucho tiempo sin ser consciente de que lo soportaba y que ahora había desaparecido, como si la masa del planeta hubiera cambiado sutilmente y tuviera que soportar menos gravedad.

Oona se acercó al espejo y vio a una desconocida, una completa desconocida solo por un instante, una mujer maravillosa, esa boca, esos ojos, una desconocida enseguida conocida por Oona, una desconocida que le resultaba familiar, a la que Oona saludó con una mirada firme, y que le devolvió la mirada con firmeza, hasta que ambas sonrieron con la más mínima de las sonrisas, Oona y esa mujer de color juntas, esa mujer de color que hacía tan poco era una desconocida y que era Oona, también e indudablemente Oona.

Oona no sabía de dónde provenía, pero un sentimiento de melancolía la conmovió entonces, una tristeza por la pérdida de algo, y tal vez fuera su apego a la antigua Oona el que lloraba, su apego al rostro que había conocido y a la persona que había sido, la persona que había vivido y parecido ser, o si no era eso, entonces tal vez fuera un apego a ciertos recuerdos que había tenido, a recuerdos que ahora se preguntaba si seguiría teniendo, un apego a una persona conectada a esa persona que había sido niña una vez, y que aún no había perdido a su padre y a su hermano, que aún no había tenido que luchar para no perder a su madre, pero obviamente las personas que había sido resultaban ahora diferentes, diferentes a cómo ella, Oona, se había percibido ayer, y es que había cambiado antes de cambiar, había cambiado cada década y cada año y cada día, y por lo tanto pensó que no había ninguna razón para que perdiera hasta esos recuerdos, esos recuerdos que deseaba conservar. En todo caso, la melancolía fue fugaz, al menos aquella mañana, la ligereza fue más fuerte que la melancolía, más fuerte que la sensación de que escapaba de una prisión de la que deseaba escapar, y es que su vida se había vuelto tensa, y durante mucho tiempo no había encontrado salida, había tenido solo esa sensación, la sensación de que no había salida, pero ahora parecía haber una salida, podía mudar de piel como una serpiente muda de piel, sin violencia, ni siquiera con frialdad, podía abandonar el confinamiento del pasado y volver a crecer, sin ataduras.

TERCERA PARTE

CAPÍTULO DOCE

Cuando la madre de Oona vio a Oona y comprendió que era Oona, se sentó en el sofá y no volvió a abrir la boca, y Oona dijo madre, y su madre miró hacia abajo, siempre hacia Oona, pero más bien a las piernas de Oona, a los vaqueros que llevaba su hija, unos vaqueros que Oona tenía desde hacía mucho, y luego a las zapatillas de correr de Oona, unas zapatillas brillantes que se había comprado el otoño pasado, y no a la cara de Oona, a la cara recién estrenada de su hija, y Oona dijo lo siento, aunque no sabía bien por qué lo decía, y su madre se quedó en silencio un instante, y luego otro, pero después de esos instantes ya no guardó silencio y dijo tal vez deberíamos desayunar, y de alguna manera Oona sintió que eso era lo mejor, lo mejor que su madre podría haber dicho, y si no era así, al menos Oona se esforzó por creerlo, y sonrió y asintió con la cabeza y dijo sí, me pongo a ello.

En la cocina, Oona se afanó con los platos y los fuegos y la nevera y el cuchillo. En los últimos tiempos no era fácil encontrar fruta, pero tenían unas remolachas de un color púrpura brillante que estaban frescas y Oona las peló y cortó en dados junto a las patatas y puso todo a hervir y luego las doró en la sartén con cebollas y dos pares de huevos, y cuando terminó el desayuno era sabroso y colorido y tenía ese sabor dulzón que le gustaba a su madre, y aunque no era gran cosa, tampoco se trataba de algo ordinario. La madre de Oona observaba la comida mientras comía apenas sin hablar, pero dijo que estaba bueno y eso le bastó a Oona, y en un momento dado Oona captó su propio reflejo en una cuchara de servir aún sin usar, un reflejo cóncavo y deforme y sin brillo, pero notorio por lo oscuro, perceptible porque aquella cabeza oscura resultaba demasiado pequeña comprimida en la concavidad, más oscura en cierto modo que la mano que la sostenía por el mango, y Oona rascó con aquella cuchara limpia los últimos restos de la sartén y el reflejo desapareció y la cuchara volvió a ser solo una cuchara y dejó de ser un espejo de feria.

La madre de Oona se sentó a la mesa y se llevó el desayuno a la boca, un bocado tras otro, y siguió masticando y tragando, aunque la boca se le secaba y sentía la mandíbula cansada y la deglución se hacía cada vez más difícil, y la madre de Oona sabía que todo aquello debía de ser difícil también para Oona, muy difícil para su pobre y antes hermosa hija, ser así ahora, tener ese aspecto, ese aspecto, que te lo quiten todo, y ella, la madre de Oona, era por supuesto una buena persona, una persona buena, buena de verdad, quería apoyar a su hija, de modo que hizo todo lo posible para retener aquello en su interior y seguir sentada a la mesa, pero fue una batalla, una batalla imposible, y cuando no pudo más se detuvo, dejó de comer, dejó incluso de masticar, y dejó lo poco que quedaba en su plato, y arrastró la silla hacia atrás, y se levantó y subió las escaleras hasta su habitación y escupió en el fregadero el resto pastoso que aún le quedaba en la boca y abrió el grifo y lo lavó, haciendo pasar la comida por los pequeños agujeros del desagüe, y se dijo a sí misma mentalmente tú puedes hacerlo, tú puedes, pero no podía, y cerró la puerta de su habitación y no volvió a salir en toda la mañana.

Oona esperó a que su madre volviera aunque sabía que su madre no iba a volver y su espera fue como una vigilia, pero también las vigilias tienen un límite, no duran para siempre, y al cabo de un rato Oona se levantó y recogió la mesa y ordenó la cocina y lavó los platos y los fregó, y al terminar tenía los dedos arrugados, no parecían vacíos de sangre, como solían parecer después de lavar, vaciados desde el interior, sino más bien grises, como si los hubiesen espolvoreado con tiza o si la sal hubiese surgido del interior de la tierra anegada, y Oona tomó un poco de crema y se frotó los dedos, los frotó y los frotó hasta que volvieron a quedar flexibles y brillantes, de un marrón intenso y una vitalidad restaurada.

Oona fue a la casa del padre de Anders y Anders salió a recibirla. Oona medio levantó los brazos, con las palmas hacia arriba, como si dijera esta soy yo, y Anders la miró fijamente, y dijo vaya, y negó con la cabeza, y ella le besó entonces y el beso le pareció diferente porque sus labios eran diferentes, o tal vez fuera porque los labios de él parecían diferentes en sus labios diferentes, y ella se disculpó por lo que había sucedido, y él hizo un mohín con la boca y le dio las gracias, y ella vio la tristeza en su mirada y se dio cuenta de que él no pensaba que se estuviera disculpando por lo de su madre, por la conducta de su madre la noche anterior, que era lo que estaba haciendo en realidad, pensaba que se disculpaba con él por lo de su padre, y cuando entró y se dio cuenta de lo mal que estaba, comprendió que había llegado en el final de la vida de Anders como hijo de un padre y que para Anders no había realmente nada más importante entonces que eso.

Oona aferró la mano de Anders, y con la otra mano Anders sostuvo la mano de su padre, y allí sentados y tumbados como estaban, los tres conectados en una especie de cadena, a Oona le hubiera gustado hablar con el padre de Anders, y preguntarle por su hijo cuando su hijo era un niño, y por la madre de su hijo, y por él mismo, acerca de su juventud cuando aún no era el padre de Anders, pero el tiempo de la charla ya había concluido, al menos para Oona y el padre de Anders, y ahora solo quedaban la compañía y la espera.

Para Anders, sin embargo, hubo momentos en los que su padre habló en los últimos días, una palabra suelta aquí o allá, o de cuando en cuando una frase brevísima, y Anders se alegraba de esos momentos, de esas palabras, aunque no siempre las entendiera, porque su padre ya no hablaba tan claramente como antes, y por entonces, cuando se decían palabras que no eran más que sonidos, Anders a menudo sentía a su madre, o en cualquier caso Anders sentía sus recuerdos y su ausencia, y esperaba que su padre la sintiera también.

El padre de Anders a veces miraba a la persona de color que estaba sentada junto a su cama y sabía que era su hijo, pero a veces lo miraba y no sabía quién era, sabía, eso sí, que tenía un deber con esa persona, que debía darle lo que pudiera, y lo intentaba, hacía lo que podía, incluso, o sobre todo, cuando no estaba seguro de quién era esa persona, porque entonces probaba un sentimiento paternal, o tal vez un sentimiento filial, como si él fuera el hijo y esa persona el padre, o ambos fueran padres, o ambos fueran hijos: tenían un vínculo, harían el tránsito juntos, o si no juntos, al menos se acercarían a él acompañados.

Casi todos los habitantes de la ciudad se habían transformado ya y solo quedaban los rezagados, gente pálida que deambulaba como fantasmas, como si no pertenecieran a ese lugar, salvo por que aquellos fantasmas se daban cuenta de que tenían los días contados, y por eso parecían más atormentados que atormentadores, y la gente los miraba al pasar, y a veces no lograban dormir, porque no sabían lo que les pasaría cuando durmieran, seguramente más de lo habitual, lo cual era de esperar, pues incluso en circunstancias normales dormirse puede llegar a parecer imposible cuando se está despierto, pero luego sucede y no es una cuestión de posibilidad sino un sueño real, habitado, y aunque parezca imposible, ya está allí.

La mayoría de las tiendas y oficinas y restaurantes y bares habían reabierto, y también la mayor parte de las gasolineras, y se repararon los daños, y se barrieron los cristales rotos y se revocaron y pintaron las marcas de las quemaduras, salvo en los lugares en los que los propietarios ya no estaban, donde habían muerto o se habían fugado, esos lugares permanecieron como estaban, y a continuación se deterioraron, recordatorios de lo que había ocurrido allí, acusaciones descarnadas, grietas en el suelo de una ciudad que revelaban los problemas enterrados en los cimientos.

Anders fue a ver a su jefe al gimnasio y su jefe era de color, muy oscuro, y seguía siendo muy grande, seguramente más grande, aunque tal vez fuera un efecto del color, y había algo herido en su jefe, algo roto quizá, pero intentó sonreír a Anders como si todo fuera una especie de broma, y cuando Anders le habló de su padre y le dijo que necesitaba un poco de tiempo, su jefe le contestó que no había problema, y dijo unas palabras que no eran extrañas, que no debían ser extrañas, pero que sin embargo le resultaron extrañas, extrañas con respecto a la persona que había sido antes, y lo que dijo, casi tímidamente, fue que lo sentía por el viejo y por Anders, y que les deseaba buena suerte a los dos.

Anders no reconoció a nadie más en el gimnasio, y mientras conducía de vuelta a casa pensó que iba a pasar un tiempo antes de que la gente supiera quiénes eran los demás, aparte, claro está, de los que ya eran de color anteriormente, y se preguntó si la gente que había nacido de color sería capaz de notar la diferencia, si podían distinguir a quienes habían sido siempre así de quienes se habían vuelto de color recientemente, y también Anders trataba de adivinarlo mientras conducía, basándose en cómo caminaba cada persona, o cómo se movía, o en su aspecto, y no sabía si los que parecían más ensimismados, con posturas más retraídas, con el rostro cubierto, tenían cualidades propias de las personas de color, lo que la gente de color había hecho durante mucho tiempo, o si era una señal de que una persona acababa de volverse de color y por eso se ocultaba, igual que había hecho él también al principio, o si no era ninguna de las dos cosas, y siempre había sido algo común, y él solo lo percibía ahora porque se fijaba en ello.

También Oona, al cruzar la ciudad y volver al trabajo, pasó por el proceso de reaprender quién era cada cual, o qué nombre le pertenecía, pues ya nadie era el mismo que antes; ella misma seguía siendo Oona pero a la vez ya no era Oona, estaba cambiada por el hecho de haber cambiado, aunque no podía decir exactamente cómo, más allá de por ser capaz de distinguir mejor a una persona de color de otra, por percibir gradaciones más finas en la textura de la piel y en la forma de los pómulos y en el pelo, como si las personas fueran de repente árboles, todos árboles, y nadie fuera otra cosa, y fuera posible distinguir a uno de otro por sus ramas y su corteza y sus hojas y su altura, aunque no hasta el extremo de que uno pareciera un árbol y el otro pudiera pertenecer a una categoría diferente de planta, un musgo, digamos, o un helecho.

Había una especie de ceguera en ver a la gente de esa forma, y Oona se topaba con personas que conocía sin saber que las conocía, y ahora le resultaba más difícil juzgar qué clase de persona eran, si eran agradables o amistosas o peligrosas, pero junto con esa ceguera, como con toda ceguera real, se había producido un nuevo tipo de visión, otros sentidos que se fortalecían, una sensación que se desarrollaba a partir de cómo alguien se dirigía a ella y movía la boca o qué expresión parecían tener sus ojos, qué luz veía en ellos, si era curiosidad o enfado, y tenía que esforzarse más para abrirse paso entre la gente, empezando desde cero cada vez, y aquello era agotador, y llegaba exhausta al final de la jornada, y dormía más profundamente que desde hacía mucho.

En cierta ocasión, Oona iba conduciendo y un coche de policía se detuvo a su lado, y la agente era una mujer que no tenía el menor aspecto de agente de policía, y Oona se preguntó por un segundo si aquella mujer habría tenido alguna vez aspecto de agente de policía, y entonces la mujer miró a Oona y le dirigió aquella típica mirada de agente de policía, el tipo de mirada que hacía que Oona amagara una sumisa sonrisa al instante y mirara hacia otro lado, y Oona se dijo que, impostora o no, aquella mujer interpretaba muy bien su papel.

CAPÍTULO TRECE

La madre de Oona fue de las últimas de la ciudad en transformarse, algo que le produjo temor, pero también orgullo, cierta sensación de que había hecho todo lo posible y aguantado más que la mayoría, aunque otras veces le parecía, al contrario, que no había hecho nada, que no había ninguna razón para que le hubiese pasado tan tarde, ni ninguna señal de éxito en su tardanza, simplemente así habían sido las cosas. Entró en la habitación de Oona, que seguía durmiendo, y cuando se sentó en la cama, Oona se despertó y se sobresaltó, y la madre de Oona pudo ver el miedo súbito en los ojos de su hija, el miedo antes de que su hija entendiera lo que había ocurrido, y eso dolió a la madre de Oona, porque ninguna madre desea ver asustada a su querida hija, pero en cierto modo también le complació un poco, le complació que su hija revelara ese miedo ante una desconocida de color, porque a la madre de Oona le parecía que eso privaba a su hija de un arma y las equiparaba a las dos, los recuerdos de las peleas que habían tenido serían ahora más justos.

Oona pasó aquellos primeros días, los primeros días después de que su madre se volviera de color, con la preocupación de que se hiciera daño a sí misma, porque para Oona su madre estaba destrozada, y quizá ya no iba a estar dispuesta a continuar, por eso Oona apenas durmió las primeras noches y no dejó de vigilar a su madre. Oona ya había vuelto a trabajar para aquel entonces, pero se tomó algunos días libres para poder quedarse en casa, controlando, aún así su madre no manifestaba ningún signo de querer acabar con su vida ni de estar preparándose para una sobredosis de pastillas, o para cortarse las venas en la bañera, no, la madre de Oona parecía, si acaso, mejorada por el cambio, o si no mejorada, aliviada en cierto modo, como alguien a quien le aterrorizan las montañas rusas y a quien sus amigos han presionado para que se subiera con ellos, y que ahora bajaba de la atracción, conmocionada y exhausta, decepcionada incluso, pero sabiendo que por fin había terminado con el asunto, y estaba lista para continuar, lista para lo que le quedaba de tarde.

Eso tampoco quiere decir que todo fuera sencillo para la madre de Oona, durante un tiempo permaneció aturdida y pensativa y se negó a ver a nadie, o a que nadie —excepto Oona— la viera a ella, pero tenía tendencia a la reclusión desde hacía tiempo y se había pasado el invierno confinada en su casa, y seguía con renovado interés las redes sociales de sus conocidos, todos los cuales habían cambiado igualmente, y algunos de ellos habían empezado a publicar tímidamente fotos de sí mismos, de su yo actual, como si participaran en una escandalosa mascarada en toda la ciudad, y aunque la madre de Oona no había publicado ninguna foto ni escrito nada, miraba y miraba y miraba, pero sin participar todavía.

Oona se preguntaba si el derrumbe de su madre sobrevendría más tarde, si dentro de un mes o dos se sumiría en esa clase de desesperación fulminante que Oona había temido durante mucho tiempo, pero también se preguntaba lo contrario, si tal vez su madre no estaría tan destrozada como Oona había imaginado, si no iba a encontrar siempre la manera de seguir adelante y simplemente estaba de luto, o no simplemente, porque no había nada de simple en la situación, sino básicamente, básicamente estaba de luto, como tenía derecho a estarlo una mujer que había perdido a su marido y a su hijo, y, más bien al contrario, había sido el miedo de Oona el que le había hecho sobredimensionar el miedo de su madre; lo cierto es que no lo sabía, Oona no podía asegurar si, en retrospectiva, las cosas habían sido realmente tan precarias como las había imaginado, solo sabía que ahora se lo parecían un poco menos, y eso le tranquilizaba en cierto modo, la relajaba levemente, limaba una pequeña parte de su aspereza casi constante, y también la hacía, ligera pero sensiblemente, más capaz de entregarse al sueño cuando dormía.

Una noche, Oona vio a su madre mirando el perfil en redes sociales de una atractiva pareja de color, una mujer y un hombre con cierto porte pero también cierto aire sumiso, los dos orgullosos y cohibidos, su madre no dejaba de mirarlos y Oona pensó, aunque no estaba segura, que su madre conocía a esas personas, porque para Oona había algo familiar en ellos, pero cuando miró las fotos previas, más pálidas, no los reconoció en absoluto.

El padre de Anders murió una mañana fresca y clara, poco después del amanecer. Anders estaba con él en su habitación cuando falleció porque había notado un cambio en el ritmo de la respiración de su padre aquella noche y se había quedado a su lado, su padre había abierto los ojos en la oscuridad y había visto a Anders junto a su cama, Anders miró a su padre quien miró a su vez a Anders y el padre de Anders volvió a cerrar los ojos, y su respiración, ya dificultosa, se volvió más dificultosa aún, hasta que el esfuerzo se hizo palpable, y su sonido colmó la habitación, como si el padre de Anders respirara a través de una tela cada vez más gruesa y la fuerza que precisaran sus pulmones fuera cada vez mayor, y cuando dejó de respirar lo hizo tras una potente exhalación, una potente exhalación que lo sacó todo de él, que lo sacó hasta de sí mismo, y ya no hubo más padre de Anders después de aquella exhalación.

Anders no lloró al principio, se quedó allí sentado sin más, y quedarse sentado fue como si esperaran algo,

Anders y su padre, y la mano que tenía Anders en su mano aún no estaba fría, y no fue hasta que Anders sacó su teléfono, un teléfono que odió en ese momento, odió su vulgaridad, la falsedad del distanciamiento contra aquel sentimiento que era una inmediatez sagrada, no fue hasta que sostuvo esa losa de cristal y metal y su pantalla se iluminó y trató de manejarla con una mano, o más bien con un pulgar, que empezó a llorar, y lloró con tanta fuerza y furia que se sorprendió a sí mismo, y le hizo desear callarse, y Oona, cuando respondió, no pudo entenderle, pero comprendió lo que había ocurrido, lo que debía haber ocurrido, y fue para allá, y llegó enseguida.

El padre de Anders había muerto sin deudas y tras haber pagado su propio servicio funerario, pues ambas cosas eran para él una cuestión de principios, unos principios severos y poco comunes, y había avisado a Anders con antelación de lo que había que hacer, y los hombres de la funeraria llegaron como unos fontaneros bien vestidos, y se llevaron al padre de Anders a su coche fúnebre y lo transportaron a la funeraria. Anders y Oona los siguieron, como si Anders temiera que le robaran o extraviaran a su padre, y solo allí convencieron a Anders de que dejara a su padre, aquellos profesionales le dijeron a Anders que lo llamarían para que volviera a ver a su padre tan pronto como estuviera listo, y lo hicieron bien, tenían experiencia, pero además hablaron de una manera objetiva y rotunda sin disminuir la enormidad de la situación, y Anders les escuchó igual que lo habían hecho tantas otras personas antes que él, e hizo lo que le dijeron y se fue a casa.

En el camino de vuelta, el sol brillaba como si no hubiera pasado nada y no había nieve en el suelo y se veían manchas de verde aquí y allá. Era un día normal que podría haber sido casi un día agradable, un día que sugería, de forma inoportuna y chocante, que el invierno terminaría pronto y que la primavera empezaba a despuntar, y todo aquello golpeó a Anders, que iba desvelado y con los ojos rojos, todo aquello le golpeó a Anders en plena cara.

Anders había estado junto a su padre durante ese tiempo, en el que muchos padres habrían acabado en el hospital, y como habían estado los dos solos en casa, la muerte del padre de Anders había sido íntima para él de una manera en que la muerte del padre y el hermano de Oona no lo habían sido para Oona; para Anders había sido una manera más antigua de morir y se sentía incómodo al verse separado de su padre, al hacer que otros prepararan el cuerpo de su padre para el entierro, y no paraba de decir debería estar con él, debería estar con él, y Oona no sabía qué responder a eso, aunque también se daba cuenta de que no importaba lo que respondiera, por lo que se quedó allí sentada a su lado, abrazándolo, y a veces le decía a Anders ya lo harás, amor, espera, ya lo harás.

Oona se oyó a sí misma decir la palabra amor y se conmovió al decirla y le agradó también y hubo para ella un placer mezclado con la tristeza de esos momentos, un placer en decir esa palabra y saber que era cierta, como si no hubiera podido saberlo antes de hacerlo y comprobar si tenía un peso real y ahora lo había hecho y lo tenía.

Tal vez Anders idealizara a su padre, tal vez el padre de Anders fuera una conexión con el pasado lejano para Anders, con tradiciones con las que Anders aún no estaba familiarizado y con las que ya nunca lo estaría, pero lo cierto es que a Anders le asaltó la idea de que debía cavar la tumba de su padre, cavarla él mismo, y se preguntó entonces si el padre de Anders habría cavado la tumba del abuelo de Anders, y por alguna razón pensó, simplemente pensó que sí lo había hecho, y Anders estuvo a punto de llamar al cementerio para preguntar si podía hacerlo, pero se detuvo y se dijo a sí mismo: es una locura, y no lo hizo, no lo hizo a pesar de que ya imaginaba el tacto del palo de madera y el peso de la pala en sus manos, penetrando en la tierra, pero más tarde se arrepintió de esa decisión, no amargamente, no, solo débilmente, pero lo lamentó toda su vida.

En el funeral del padre de Anders, el ataúd estaba medio abierto, lo que le recordó a Anders la puerta trasera de su casa, una puerta de doble hoja en la que el padre de Anders a veces se apoyaba cuando Anders era un niño, la parte inferior cerrada, la parte superior abierta, al padre de Anders le gustaba apoyar una mano en el borde y fumar con la otra, y lo miraba entonces con esa expresión que Anders no lograba descifrar, no con afecto, no exactamente, pero tampoco sin afecto, más bien como si tratara de entender algo, y ahora los ojos del padre de Anders estaban cerrados, y lo habían maquillado, lo que le daba un aspecto extraño, y Anders no podía ver su expresión, ni la volvería a ver.

Anders había pensado que odiaría el servicio fúnebre, pero no odió el servicio fúnebre, le pareció reconfortante estar con esas otras personas que le daban el pésame, y Anders no sabía quién era quién y ni qué hacía cada cual, no hasta que se presentaban, aunque de vez en cuando podía adivinarlo, y no eran muchos, pero sí suficientes, el número justo, estaban presentes los que importaban, y la ceremonia cumplió la función que debía cumplir, que era hacer real lo que había sucedido y entrelazar a Anders y al resto de las personas que estaban tras él en una red conjunta por lo que habían perdido, y el blanco padre de Anders era la única persona blanca que estaba presente, la única persona blanca que quedaba en toda la ciudad, ya que en ese momento ya no quedaba ninguna más, y entonces se cerró su ataúd y se produjo su entierro y se le entregó a la tierra, el último hombre blanco, y después de eso, después de él, ya no hubo ninguno.

CAPÍTULO CATORCE

La madre de Oona no hablaba mucho, no lo hizo durante semanas, se limitaba a mirar por la ventana, a mirarse las manos, a mirar las pantallas de su casa, y en las pantallas de su casa no podía evitar volver a algunos de los foros que había frecuentado antes, y algunos de esos foros habían desaparecido, o estaban tranquilos, pero otros estaban activos, incluso más activos, y en algunos de los activos se hablaba del fin del mundo.

Se decía que se acercaba el caos final, que habría un descenso al crimen y la anarquía, al canibalismo, canibalismo por hambre, y, peor aún, por venganza, y que iba a correr la sangre, y que todos debían prepararse para el final, reunirse con sus afines o atrincherarse en sus casas, listos para la última resistencia, una última resistencia antes de que nos invadieran, porque no estábamos más seguros por ser de color, ellos notaban la diferencia, aún sabían quiénes éramos, lo que hacíamos, y vendrían a por nosotros ahora que estábamos ciegos y no podíamos vernos, ahora que ya no sabíamos quiénes de nosotros éramos realmente nosotros, y vendrían como depredadores en la noche, a capturar a su presa cuando estaba indefensa.

La madre de Oona leía sobre el salvajismo, el salvajismo de la gente de color, cómo había estado entre ellos desde el principio y se había manifestado una y otra vez a lo largo de la historia, era algo que no se podía negar, y leía los ejemplos, ejemplos de cuando habían caído grupos de blancos, y las violaciones, matanzas y torturas a las que nos habían sometido, y cómo esa era su manera de hacer las cosas, el estilo de la gente de color cada vez que tomaban la delantera, y estaba asustada, asustada por lo que leía, pero tal vez no tan asustada como habría esperado estar, o no durante tanto tiempo como habría supuesto, porque su hija iba y venía de casa en bicicleta, y sonreía a la madre de Oona cada vez que llegaba, y el correo se repartía cada día, demasiado correo, con demasiadas facturas, y las plantas se agitaban, y su jardín echaba brotes, y algunos días soleados hacía suficiente calor como para abrir las ventanas a primera hora de la tarde, y el olor que entraba en la casa era ese olor a primavera, ese olor que su marido había llamado una vez con un guiño el olor del tiempo de retozar.

La madre de Oona no dejó de visitar esos foros online, pero poco a poco los fue visitando cada vez menos, porque la alarmaban, o no solo porque la alarmaban, sino porque la alarmaban y no deseaba tanto alarmarse, ya no, y el contraste entre ellos y el mundo que la rodeaba era demasiado desconcertante, y ella no dudaba de ellos, tenían el corazón en su sitio, y sabían mucho, pero tampoco los disfrutaba de forma fehaciente, y así, sin haberlo planeado, pero con ánimo, la madre de Oona empezó a pasar menos parte de sus días conectada, y en cuanto a Oona, observó que su madre empezaba, poco a poco, a estar un poco más dispuesta a conversar por las tardes.

Anders iba al cementerio todos los fines de semana, y normalmente Oona le acompañaba, iban juntos cuando ella pasaba la noche en su casa, y se encontraban allí cuando no lo había hecho, y cierto día cuando él llegó y ella iba de camino se dio cuenta de la cantidad de pájaros que había, y entonces vio a Oona acercándose, vio cómo se bajaba de la bicicleta y la prendía a la valla con una cadena y un candado gruesos, ya que las bicicletas no habían dejado de ser, como siempre, susceptibles de ser robadas, y Oona caminó hacia él, de alguna manera más alta de lo que era, con una actitud que creaba una sensación de altura, no rígida, sino más bien alargada y erguida, ágil y con todo su cuerpo tirando hacia arriba, como si estuviera dispuesta a bailar, o a volar, y él la observó entonces y se sintió afortunado por ella, por tener a Oona cerca de él, firme a pesar de toda la carga que llevaba, y ella saludó y él le devolvió el saludo y fue la primera vez que se sintió afortunado en mucho tiempo.

La madre y el padre de Anders estaban el uno junto al otro en el cementerio, ocupando tumbas contiguas, aquella tarde a la sombra de un árbol cercano, un árbol que había perdido buena parte de su tronco como demostraba su cicatriz, una cicatriz que probablemente albergaba a pequeñas criaturas en su interior, aunque no se veía a ninguna correteando o arrastrándose sobre él, sobre aquel árbol que se precipitaba hacia el cielo de forma desordenada, descompensado pero firme y grueso en su base.

Tal vez otras personas tuvieran aversión a los cementerios y trataran de evitarlos, pero Anders y Oona no eran comunes en ese sentido, y no es que prefirieran estar en aquel cementerio, no exactamente, pero sentían algo allí, y por eso merodeaban por él, merodeaban entre los árboles y las plantas y las tumbas, entre sus ocasionales visitantes, ya que por lo general había pocos, o ninguno, y Anders y Oona se quedaban allí un rato, casi siempre solos, y buscaban un banco o un trozo de césped, y se sentaban allí, a veces durante horas, y charlaban, o guardaban silencio, y en cierto modo se sentían como en casa.

Aquel día pasearon, despacio, perdidos en sus pensamientos, observando las tumbas de los desconocidos, leyendo de cuando en cuando una inscripción en voz alta, y Anders le dijo a Oona que antes de que muriera su madre solo había ido a un cementerio en contadas ocasiones, de hecho, pensándolo bien, ni siquiera recordaba la primera vez, y Oona respondió que tampoco ella recordaba la primera vez, pero recordaba cuando enterraron a su padre, recordaba que toda la familia fue en aquella ocasión y que su hermano no volvió a ir después de eso, se negó a regresar, y no habían peleado mucho, su hermano y ella, pero hubo una vez que su madre quiso llevarlos, y su hermano dijo que no, y a Oona no le gustó, no le gustó la forma en que lo dijo, porque lo hizo muy rudamente, pero no solo por eso, sino también porque percibió el miedo en su rudeza, percibió el terror que había en ella, un terror con el que su familia había vivido desde entonces, y Oona se había inquietado por ello, por el tono de la voz de su hermano, y se peleó con él, una pelea intensa y furiosa, pero él no cedió, y al final nunca fue, no a aquel cementerio, no hasta que lo enterraron a él mismo.

Anders le preguntó si quería ir allí en ese momento, y ella lo pensó, si quería ir en ese momento al cementerio en el que estaba enterrado su padre y en el que también estaba enterrado su hermano en el lugar previsto para su madre, un lugar en el que ya no estaría su madre, y Oona se dio cuenta de que le apetecía ir, no en ese momento, pero sí un poco más tarde, sí, le apetecía ir allí con Anders antes de que oscureciera, pero sin prisa, podían tomarse su tiempo, estaba tranquila donde estaba en ese momento, y le dijo que los cementerios eran como los aeropuertos, que estaban todos conectados, y sonrió, y le preguntó si sabía a lo que se refería, y él también sonrió, y asintió y dijo que sí.

Siguieron paseando, y Anders rodeó a Oona con su brazo, y sospechó entonces que tal vez hubiera algo diferente en ellos, en Oona y en él, y pensó que posiblemente sentían a los muertos como no todo el mundo sentía a los muertos, que había gente que se escondía de los muertos, y trataba de no pensar en ellos, pero Anders y Oona no lo hacían, sentían a los muertos a diario, cada hora, mientras vivían sus vidas, y su percepción de los muertos era importante para ellos, una parte importante de lo que constituía su particular forma de vida, y no había que ocultarla, porque no se podía ocultar, no se podía ocultar en absoluto.

Otra tarde, Anders y Oona dieron un paseo después del trabajo por las calles principales del centro de la ciudad, y en una heladería había un par de niños con sus padres, y los bares estaban, si no llenos, tampoco desiertos, y Anders y Oona entraron en uno de esos establecimientos, y se sentaron en un par de taburetes altos, y escucharon la música, afortunadamente no demasiado alta, y miraron a su alrededor en la penumbra rojiza, solo levemente roja y no tan tenue, y pidieron un whisky y brindaron, pero no levantando los vasos, sino deslizándolos, vaso con vaso, más con un tintineo que con un golpecito, y luego cada uno se llevó su bebida a los labios y bebió a sorbos el líquido dorado que contenía, y el whisky les quemó en la boca y en la garganta, porque tenían hambre, y también estaban sedientos, y ya no estaban acostumbrados.

Ninguno de los dos había salido a tomar una copa en muchos meses, y era un poco extraño estar fuera ahora, nadie en aquel bar parecía estar realmente cómodo, ni el camarero, ni los dos hombres acurrucados en la única mesa ocupada, ni Anders ni Oona, ninguno de ellos, ninguna de aquellas personas de color sumergidas en la luz del bar, aquellas personas que trataban de acostumbrarse a una situación tan familiar y a la vez tan extraña, y Oona, al darse cuenta de ello, se preguntó si realmente era así, o si la gente simplemente aparentaba estar incómoda cada vez que uno pensaba que lo estaba, al igual que parecían locos cada vez que uno pensaba que lo estaban, y tal vez todo el mundo tenía el mismo aspecto de siempre, el mismo, solo que de otro color.

Mientras pensaba aquello y el whisky se acomodaba en su estómago, cambió de opinión y la gente ya no le pareció tan fuera de lugar, tampoco Anders, y ella tampoco se sintió ya extraña, no eran más que personas y aquello no era más que un bar y eso no eran más que bebidas y Anders no hacía más que hablar, y ella le escuchó hablar, atendiendo solo a medias a lo que decía, y se desvaneció, la diferencia se desvaneció, y volvió a ser una noche normal para Oona.

Terminaron sus copas y decidieron ir a un restaurante para cenar, había un lugar cerca que a ella le gustaba, un lugar en el que no se servía carne ni platos que fingieran serlo, y los ingredientes eran siempre locales y cambiaban con la temporada, y mientras caminaban hacia allá Oona se dio cuenta de que no sabía si estaría abierto, si todavía existiría, pero existía y estaba abierto, y las dueñas estaban allí, eran dos mujeres, y Oona sonrió a una y pensó que sabía quién era, y la mujer le devolvió la sonrisa como si supiera quién era Oona, y Oona se sorprendió, porque cómo podía saberlo la mujer, y entonces se dio cuenta de que probablemente la mujer hacía eso con todo el mundo, que trataba a todas las personas que llegaban como si fueran viejos clientes que regresaban.

La comida fue un placer y una grata señal de normalidad y nada pesada además, y solo bebieron agua, agua sin hielo, y sintieron el whisky, no demasiado pero aún presente en el estómago y las venas y el aliento, y disfrutaron de probar sabores desconocidos y de la sensación de estar con otras personas, ya que el restaurante estaba lleno hasta un cuarto de su capacidad a pesar de que ya era tarde, y cuando se marcharon había salido la luna y pasearon un poco y se sintieron completamente relajados, relajados hasta que aquel hombre empezó a seguirles, un hombre de color que se fue deslizando al mismo ritmo que ellos mientras caminaban, y que luego se acercó; los dos, Anders y Oona fueron conscientes de él, sintieron que se acercaba, y de repente el hombre dio un grito, y Anders y Oona se sobresaltaron, más que asustarse, se sobresaltaron, y se giraron para enfrentarse a él, respirando rápidamente y Anders con los puños en alto, y el hombre empezó a reírse, se encorvó y se rio, y se dio la vuelta, aun encorvado y sin dejar de reír, y luego se alejó lentamente.

CAPÍTULO QUINCE

L a madre de Oona esperaba un ajuste de cuentas
y cuando este no llegó, cuando los que habían
sido blancos no fueron perseguidos ni enjaula-
dos ni azotados ni asesinados, salvo en un puñado de
casos en los que los crímenes habían sido particularmente atroces y los autores eran conocidos y se los podía
encontrar, cuando no se produjo ningún ajuste de cuentas masivo en aquellas primeras semanas tras la transformación de la ciudad, empezó a relajarse, y descubrió que
no odiaba estar entre la gente, que no era distinta de los
demás, no al menos visiblemente distinta, que no se la
identificaba obviamente como perteneciente a una tribu
y no a otra, y que aquello era una especie de indulto,
como cuando era niña y el profesor sabía que toda la
clase había copiado en un examen y, en lugar de llamar
al director, se limitaba a decir que el examen no tenía
validez, dejando claro el mensaje, pero con el juicio en
suspenso, y el asunto quedaba así.

A pesar de todo, la madre de Oona lo echaba de menos, echaba de menos ser blanca, aunque casi más que

serlo ella misma, echaba de menos que su hija fuera blanca, y se preguntaba a veces si sus nietos podrían ser blancos, si todavía había una oportunidad para ellos, aunque en el fondo sabía que probablemente no lo serían, y eso la entristecía, pero no lo bastante como para no querer tener nietos, un deseo reavivado por su interés por la vida amorosa de su hija.

Estaba claro que su hija estaba colada por ese chico, Anders, y la madre de Oona quería arreglar las cosas entre los dos, ya que él no había vuelto a venir a visitarla, y Oona le había comentado que el padre del chico había fallecido, por lo que le dijo a su hija que quería ir a verle para darle el pésame, y su hija le llamó por teléfono y él le dijo que de acuerdo, así que fue y no hablaron de lo que había pasado esa noche, una noche que ambos querían olvidar; la madre de Oona tenía experiencia en el trato con los muertos, así que se sentó a su lado y después de charlar un poco le tomó la mano, sorprendiendo a Oona, y a Anders, y puede que un poco también a sí misma, y le dijo que cuando era niña también había sido hija única, y que entonces no era tan común, y recordó la muerte de su propio padre, que había fallecido después de su madre, y que en ese momento la madre de Oona aún no se había casado, por lo que entendía perfectamente lo que significaba ser joven y estar solo en la casa del difunto, y Anders pareció a punto de llorar, pero no lloró, en vez de eso, sonrió, y al observarlo, vio que miraba a Oona, y que Oona tenía lágrimas en los ojos, o más bien

que sus ojos estaban húmedos, las lágrimas se acumula-
ban en ellos pero sin caer, y Oona se encogió de hombros, y su madre la llamó y la abrazó entonces, abrazó a
su enérgica hija contra su amplio pecho, y Oona sonrió,
y la madre de Oona pensó somos como una familia.

Tal vez no fuera apropiado, pero le invadió el deseo
de hacer una foto, y puso a Oona y a Anders juntos, no
pudo evitarlo, y se plantó frente a ellos, y les hizo una
foto, y sus expresiones eran, cómo no, tranquilas, como
si estuvieran seguros el uno del otro, y era una foto pre-
ciosa, e incluso antes de llegar de nuevo a casa, yendo
junto a Oona de camino, la madre de Oona publicó la
foto en su cuenta de redes sociales, la primera foto que
publicaba en mucho tiempo, y la pantalla de su teléfono
le devolvió el gesto, con marcas y comentarios de aproba-
ción online.

Oona tuvo que renovar su carnet de conducir y el empleado que estaba allí observó su imagen en la tarjeta de
plástico y luego su cara, no una sino dos veces, y Oona
pensó que iba a pedirle que demostrara que era quien
decía ser, ya que no había forma de que él lo supiera realmente, pero no lo hizo, en lugar de eso la miró como si
tratara de mirar en su interior, y dijo Oona, no lo dijo
sino que lo preguntó, y ella respondió sí, y él dijo su nombre, solo su nombre de pila, y nada cambió en él, pero

aun así ella lo reconoció y se abrazaron, sobre todo Oona lo abrazó con fuerza, y él la abrazó también, primero no tan fuerte, pero luego igualmente, y convinieron en que ella le esperaría para tomar un café juntos y ella lo hizo y eso hicieron.

El empleado había sido el gran amor de su hermano, y aunque él y su hermano habían tenido una relación tumultuosa, con idas y venidas en el instituto, y aunque había acabado mal, había acabado mal más de una vez, en más de una ocasión, y aunque él y su hermano se habían distanciado, él había asistido al funeral de su hermano, de pie, lejos de todo el mundo, y Oona había querido hablar con él, pero se había marchado antes de que ella tuviera la oportunidad, y de eso hacía solo, podría ser, meses, no un año entero, pero le parecieron muchos años, y aunque no hacía muchos años que no se veían, hacía muchos años que no hablaban, pero cuando empezaron a hablar durante el café fue como si no hubiera pasado el tiempo, como si estuvieran viviendo vidas paralelas, vidas que discurrían por vías desviadas de las antiguas vías pero que, sin embargo, estaban al lado de ellas, y aunque su hermano había muerto, en su conversación parecía casi vivo, casi todavía vivo, y Oona estaba viva, aferrada a la vida por la garganta.

El empleado era un hombre muy guapo, de finos ojos marrones y manos grandes, también había sido guapo de muchacho, aunque no tanto, y ella le preguntó si se alegraba de haber cambiado, y él le dijo que su cambio de color había sido tan solo uno de los diversos cambios por los que había pasado en los últimos tiempos, todo había ocurrido a la par, se había casado una semana antes del funeral de su hermano, sí, casado, repitió ante la expresión de sorpresa de ella con una expresión no menos sorprendida, como si él mismo apenas pudiera creerlo, y era feliz en su matrimonio, y amaba a su marido, pero su hermano también estaba allí, con él, y siempre lo estaría, lo sabía ahora, lo había sabido en el funeral, se había casado y había encontrado un amor y había perdido un amor y había cambiado de color, y no sabría decir cuál de todos aquellos cambios había sido más significativo para él, pero probablemente, muy probablemente no fuera el color.

Ella bromeó entonces y le dijo que le sentaba bien, quería decir, su aspecto actual, y él dijo lo sé, y se rieron, y él añadió a ti también te sienta bien, y ella dijo en serio, y él dijo en serio, y añadió antes parecías demasiado famélica, y ella preguntó ¿y ahora no?, y él dijo y ahora no, y ella sonrió, y luego volvió a sonreír, con una sonrisa cada vez más grande.

***

Ya era primavera y las mañanas eran frescas, pero también espléndidas, y Anders se había instalado en la casa de su padre y de su madre, y Oona se estaba instalando allí con él, pasando cada vez más noches y ayudándole a despejar y arreglar el lugar, también ella tenía sus cosas en la casa de su madre, aún no se había ido de allí, pero su ropa iba acumulándose en la casa que compartía con Anders, y para su cumpleaños le regaló a Anders una bicicleta y en aquellas espléndidas mañanas iban juntos en bicicleta al trabajo y todos los días hacían una parada para tomar un café antes de separarse.

Los insectos habían regresado, sobre todo, aunque tímidamente, las mariposas, y mientras pedaleaban se fijaban en esos lugares en los que las mariposas suelen congregarse, y un día se formó una nube entera de ellas alrededor de un pequeño arbusto en flor, y Anders y Oona se detuvieron a observarlas durante un rato, cada uno con un pie en el suelo, y no hablaron ni sacaron fotos, se limitaron a observarlas, y al día siguiente, cuando pasaron por allí, las mariposas habían desaparecido, y Anders se dio la vuelta hacia Oona para comentarlo, y al abrir la boca se le metió un bicho y puso una expresión de repugnancia y trató de echarlo afuera, de escupirlo, y Oona frenó junto a él, echándose a un lado y riendo.

La encargada que preparaba los cafés ese día era una mujer nueva, y llevaba un mono sin camisa debajo, solo sujetador, aunque no hacía calor todavía, y tal vez lo hacía para que se le vieran los tatuajes que le bailaban en la parte superior de los brazos y los hombros, lo curioso de sus tatuajes es que eran casi del mismo color que su piel, o no del mismo color pero sí de la misma oscuridad, por lo que parecían más grabados que tatuajes, finos e intrincados y con relieve, prácticamente aunque no del todo invisibles, y Oona se preguntó si la mujer se los habría hecho después de cambiar, y Oona no lo sabía, pero pensaba que no, o le agradaba pensar que no, le agradaba pensar que la mujer se los había hecho antes, y que había cambiado con ellos, que había cambiado a favor de ellos, por así decirlo, aunque en ese momento se le ocurrió a Oona que también era posible que la mujer no hubiera cambiado nunca, y mientras Oona pagaba, mientras Oona pagaba a la mujer, le dijo bonitos tatuajes, y la mujer sonrió y contestó gracias.

A Anders le pareció que su café tenía un sabor diferente, pero no estaba seguro de si lo tenía realmente o si era consecuencia del bicho que se le había metido en la boca, y dio un sorbo al café sin su entusiasmo habitual, pero cuando él y Oona se despidieron lo hicieron con un beso de despedida más largo y apasionado de lo común en ellos por la mañana, un beso que a él le tomó por sorpresa, aunque no a ella, ya que procedía de ella, y con eso, y sin una palabra más, se separaron, ella se fue al taller y él al gimnasio.

En el gimnasio, se habían reparado los daños provocados por el incendio y se había pintado en su mayor parte, pero aún quedaban algunas huellas, visibles aquí y allá, los meses de inactividad habían hecho mella en las finanzas del lugar, que parecía muy básico, particularmente básico frente al florecimiento de la primavera, sin adornos, solo lo mínimo, bancos y soportes y barras y cintas y cadenas, y los espejos de la sala principal estaban polvorientos, y Anders se preguntó si tal vez le habrían dicho al chico de la limpieza que ya no los limpiara tanto.

La tropa de levantadores que frecuentaba el gimnasio se había reducido un poco, tal vez porque eran tiempos difíciles o porque algunos habían fallecido, pero también había un par de levantadores nuevos, gente que antes no era cliente, y en cualquier caso la forma de levantar era idéntica, concentrada y desesperada, ejercicios de fuerza extrema, durante cinco repeticiones, o tres, o una, los hombres se esforzaban todo lo que podían, no hacían ejercicio, sino que entrenaban, y quizá ni siquiera entrenaban, sino que luchaban, luchaban contra la gravedad que el planeta ejerce sobre todos los seres que lo pisan, y que aparentemente ejerce por igual, aunque en realidad no es igual, no es igual en absoluto.

De entre todos los que estaban allí, el chico de la limpieza era el que parecía menos cambiado, y Anders le observaba mientras hacía su trabajo, y quería entablar una conversación con él, pero ninguno de sus intentos llegaba a buen puerto, y ese día a Anders se le ocurrió una idea, y esperó hasta que se hizo tarde, y no hubiera nadie cerca, y le dijo al chico de la limpieza podría entrenarte, podrías hacer ejercicio aquí de vez en cuando, como hacemos todos, ¿te gustaría?, ¿te gustaría eso?, y el chico de la limpieza miró a Anders y le dijo no, y luego añadió, de forma menos brusca, y ni siquiera con una sonrisa, o al menos no con una sonrisa en los labios, aunque quizá con una en los ojos, era difícil de saber, podría haber sido lo contrario de una sonrisa, y con aquella expresión tan peculiar, el chico de la limpieza añadió: lo que de verdad me gustaría es un aumento.

CAPÍTULO DIECISÉIS

A veces parecía que la ciudad era una ciudad de luto, que el país era un país de luto, y eso les gustaba a Anders y a Oona, ya que coincidía con sus propios sentimientos, pero otras veces parecía lo contrario, que algo nuevo se estaba gestando, y curiosamente eso también les gustaba.

El aspecto de la ciudad no había cambiado demasiado, no al principio, con excepción, como es lógico, del aspecto de sus habitantes, pero había sufrido un duro golpe aquel invierno y era necesario hacer un trabajo considerable, y poco a poco una parte de ese trabajo se fue realizando, nada fuera de lo normal, una cuadrilla con cascos trabajando en un puente, lanzando de cuando en cuando chispas hacia el río, o un compactador de color amarillo brillante que retumbaba al reasfaltar una carretera, con el olor a combustible y a alquitrán fresco que se elevaba y llevaba la brisa.

Anders se acordaba de su padre cuando veía esas cosas, y más aún cuando las olía, cuando olía a cemento o a pintura húmeda o a madera sin tratar, y los recuerdos de su padre no eran todos agradables, a veces también resultaban dolorosos, y aunque Anders pensaba que había hecho bien las cosas con su padre, sobre todo al final, no estaba seguro de hasta qué punto las había hecho bien, y sospechaba, o le preocupaba, que su padre tampoco estuviera seguro, que no estuviera seguro de cómo lo había hecho Anders, y tal vez así necesariamente fueran las cosas entre padres e hijos, o entre ciertos padres y ciertos hijos, pero también había amor, Anders tenía la sensación de que su padre le había querido, y que él, Anders, había querido a su padre, que no se habían juzgado duramente el uno al otro, y esa sensación ayudaba a Anders a seguir adelante.

La limpieza de la casa de la infancia fue una tarea difícil para Anders, pero había que hacerla, y Oona le ayudó, y lijaron y remacharon y martillearon y cepillaron, y más tarde se acordaron muchas veces de esos momentos, los dos, semivestidos, con la piel al descubierto salpicada de pintura, como uno de los más entrañables de sus vidas, y una foto que sacó Oona de los dos, una foto digital, pero impresa y colgada de forma física, acabó en el dormitorio que compartirían, y más tarde les sirvió de recuerdo, de recordatorio del inicio de su convivencia, siempre que se peleaban en el futuro.

La casa quedó despojada de todo, se retiraron las capas de suciedad, humo y polvo, y Anders y Oona convirtieron en propia la habitación que sus padres habían ocupado, y en el tercer dormitorio, que durante décadas había sido un despacho en casa, ya que —a pesar de los denodados intentos y esperanzas de sus padres— no había llegado a ocuparlo ningún otro hermano de Anders, pusieron una sala de gimnasia y meditación, aunque también la llenaron de algunas de las cosas que habían pertenecido a los padres de Anders y que Anders deseaba conservar, chucherías y fotos, un pequeño trofeo de su padre, el título de su madre enmarcado, y así, a pesar de su nueva función, a pesar de sus pesas rusas y colchonetas de yoga y rodillos de espuma, de todas las habitaciones de la casa era la que les resultaba más familiar, la menos transformada.

En cuanto a la habitación de Anders, la de su infancia, la dejaron vacía, recién pintada y desocupada, como si alguien acabara de marcharse o estuviera a punto de llegar, y ni Anders ni Oona habrían querido decir en aquel momento si aquello lo hacían por una razón concreta, como un guiño al pasado, al futuro o a ambos.

Los años pasaron rápidamente para Anders y Oona, cada vez más rápidamente, como nos pasa a todos, y aunque algunos recuerdos de la blancura desaparecieron, otros recuerdos de la blancura perduraron, y cuando nació su hija, una niña robusta de cuerpo pequeño y frágil, y enseguida grande y delgada y con una mirada tranquila y feroz, una niña poco dada a los abrazos, aunque capaz en ocasiones de palabras de una ternura que dejaba sin aliento, impresionantes de tan directas y tan raras, un te quiero dicho con una mirada clavada en los ojos como un adulto, dicho casi como una acusación, sí, cuando llegó su hija, y creció rápido, demasiado rápido, hasta convertirse en una mujer, quisieron darle cosas de otros tiempos, su herencia, y le hablaron entonces de la blancura, y de lo que había sido, y del padre de Anders, tan parecido a su hija, tan diferente pero aún así tan parecido a ella, y de la madre de Anders, la maestra, y del padre de Oona, y del hermano de Oona, de todos ellos, de los antepasados de su hija, del linaje del que procedía, y ella escuchaba, se mostraba dispuesta a escuchar, pero con calma, sin pedir más, y nunca les quedó claro a sus padres cuánto comprendía realmente, ella o el resto de los otros jóvenes.

Anders y Oona no hablaban demasiado del pasado, pero la madre de Oona, la abuela de la niña, lo hacía mucho más, e intentaba transmitirle el sentido de cómo había sido todo, de dónde procedían realmente, de la blancura que ya no se veía pero que seguía formando parte de ellos, y la niña le tenía cariño a su abuela, y era bastante tolerante con ella, y por eso sorprendió tanto a su abuela cuando la detuvo un día, cuando tomó las manos de su abuela, y dijo basta, eso fue todo, solo una palabra, basta, y no fue gran cosa, pero removió profundamente a su abuela porque fue capaz de comprobar, comprobar hasta qué punto la niña estaba avergonzada, y no avergonzada de sí misma, sino avergonzada de ella, de ella, de su abuela, y su abuela sintió una llama de ira en ese momento, aunque más que ira lo que sintió fue una pérdida, una poderosa sensación de pérdida, pero la niña no le soltó las manos, se aferró a ellas, se aferró a ellas y observó las emociones que ardían en los ojos de su abuela, y cuando las emociones ardieron un rato se empezaron a calmar y la niña acercó su cara y besó la piel finísima de los nudillos de su abuela, los labios suaves, un toque de humedad, y esperó y esperó hasta que su abuela finalmente sacudió la cabeza y, de alguna manera, acabó sonriendo.

Oona estaba muy unida a su hija, una cercanía que aumentaba y disminuía a medida que la niña iba creciendo, pero que siempre se las ingeniaba para reaparecer cuando Oona más temía por ella, algo que a Oona no dejaba nunca de asombrarle y dejarla perpleja, por la dureza que había en ella, y también por su tranquila confianza, y Oona se preguntaba si ella misma habría sido así cuando era más joven, tal vez lo habría sido en cierto modo, pero era difícil saberlo con certeza, y su hija era pequeña pero parecía grande, más grande que su cuerpo, más grande que Oona, y ocupaba la habitación entera incluso sin hablar, como un pistolero acodado y alerta en la esquina de una taberna.

Oona empezó a preocuparse menos por su hija a medida que fue creciendo, lo que supuso un alivio para ambas, ya que Oona la había escudriñado minuciosamente en busca de indicios de la enfermedad de su hermano, y también de la suya propia, y Oona no los había encontrado fácilmente, o los había encontrado con creciente dificultad, y cuando se peleaban, Oona y su hija, lo que no sucedía a menudo, Oona descubría que podía estar al mismo tiempo furiosa con la terquedad de su hija y secretamente satisfecha de su capacidad para mantenerse firme.

Anders y Oona no tuvieron un segundo hijo, y con el paso de los años empezaron a hacer el amor con menos regularidad, pasando en cierto momento dado de las noches a las mañanas, esas imprevisibles ocasiones en las que el impulso les venía a los dos al mismo tiempo, descansados y extrañamente capaces bajo las sábanas al comienzo de un nuevo día, y en una de esas ocasiones Anders había alargado la mano para tocar la espalda de Oona, a modo de propuesta, y ella había sonreído para sí misma, y se había movido ligeramente para responder, y fue entonces cuando se abrió la puerta y entró su hija, como siempre sin llamar, aunque era raro que se levantara temprano en un fin de semana, y más raro aún que fuera a su cuarto, se metiera en la cama y se acostara entre ellos. Ya era una adolescente, estaba completamente vestida, y tenía el aroma de una noche de fiesta, y Oona se dio cuenta de que su hija aún no se había ido a la cama, y vio en los ojos de su hija no ansiedad exactamente, sino otra cosa, algo inescrutable, y rodeó a la niña con su brazo, o a la medio niña, quién sabía hasta cuándo iba a seguir siendo una niña, y

Anders la miró, a su hija, y no logró ver su rostro evasivo, solo su pelo, la oreja, el dibujo del pómulo y la mandíbula, aunque igualmente podía verla por completo con los ojos de su mente, podía ver su expresión, y justo en ese momento se la imaginó anciana, sin desearlo, se la imaginó anciana, mucho después de que él y Oona hubieran muerto, y sintió que aquello le hacía temblar, esa imagen de su hija dentro de muchos años, y puso su mano oscura junto a su rostro oscuro, tranquilizándola, y su oscura hija, como de milagro, le permitió hacerlo.